2019 노무현 순례길

2019 노무현 순례길
-제3기 이야기

초판 1쇄 인쇄 | 2020년 2월 18일
초판 1쇄 발행 | 2020년 3월 2일

엮은이 | 깨학연구소
기   획 | 이강옥 · 민서희
펴낸이 | 최병윤
펴낸곳 | 행복한마음
출판등록 | 제10-2415호 (2002. 7. 10)

주소 | 서울시 마포구 토정로 222, 한국출판콘텐츠센터 422호
전화 | (02) 334-9107
팩스 | (02) 334-9108
이메일 | bookmind@naver.com

ISBN 978-89-91705-46-3   03810

＊인용시 출처를 밝히고 사용하십시오.

2019 노무현 순례길
노무현 순례길 제3기 이야기

- 일러두기 -

· 앞뒤 표지 그림 : 「2019 노무현 순례길」
　　　　　　　　이승원 디자이너 제공

· 내지 15쪽 그림 : 「사람 사는 세상」
　　　　　　　박운음 작가 제공

걷는 것을 통해 더 행복한 대한민국을
만들고 싶어하는 사람들 이야기

노무현 순례길의 시작
노무현 순례길은 시민 이강옥이 기획하고 많은 깨시민들이 동참하여 경남 봉하까지 걸어감으로써 만들어진 길이다.

노무현 순례길에서는 제1회, 제2회 등으로 부르지 않고, 노무현 순례길 제1기, 제2기 등으로 부르고 있다.

노무현 순례길 제1기에는 125명 가량의 깨시민이 참가하였고, 제2기에는 250명 정도의 깨시민이 참가하였으며, 제3기에는 600명이 넘는 깨시민이 참가하였다.

노무현 순례길의 목적지
노무현 순례길의 목적지는 故 노무현 대통령이 잠들어 있는 봉하마을이다.

노무현 순례길은 그 목적지가 정해져 있기 때문에, 출발하는 곳을 그 길의 이름으로 사용하고 있다. 가령 평양에서 출발하면 평양길, 서울에서 출발하면 서울길, 부산에서 출발하면 부산길, 광주에서 출발하면 광주길이 된다.

노무현 순례길의 목적
노무현 순례길의 목적은 걷는 것을 통해 더 행복한 세상, 더 행복한 대한민국, 더 멋진 사람 사는 세상을 만드는데 일조하는 것이다.

물론, 개인적인 목적은 저마다 다를 수 있을 것이다. 누군가는 자신을 성찰하면서 걷고, 다른 누군가는 노무현 대통령을 떠올리며 걸을 것이다.

노무현 순례길 아카이브

아카이브archive라는 말은 어떤 자료를 한곳에 모아 보관한다는 의미이다. 아카이브의 대표적인 예는 『조선왕조실록』이다.

이 책은 노무현 순례길 아카이브의 첫 번째 작품이다. 이 책을 통해 우리가 만든 멋진 과거를 기록으로 남기고, 나를 뒤돌아보는 소중한 시간이 되었으면 한다.

2020. 2. 10.

깨시국 사무국에서

민서희, 깨학연구소장

2018년 6월 23일, 강남역 8번 출구의 어느 카페에서 이강옥 대장을 만났다. 그 자리에서 민서희 작가에게 깨학연구소장을 맡아달라고 하였다. 당시 민서희 작가는 경희대학교 경영대학원 1학기에 재학 중이어서 사양하였으나, 이강옥 대장의 거듭된 요청에, 2020년 1월 1일부터 깨학연구소장을 하기로 하고, 그전에는 책임연구원 겸 소장 대행을 하기로 하였다. 그랬었는데, 세월은 참 무심히도 흘러 벌써 약속했던 2020년이 되었다. 이제 그동안을 돌아보며, 앞으로 묵묵히 나아갈 것을 다짐해 본다.

제3기

우
리

들어가기

　　노무현 순례길은 출발하는 곳이 어디든 그 목적지는 경남 봉하마을의 故 노무현 대통령 묘역이다. 그래서 출발하는 곳의 지명을 이용하여 이름을 지을 수 있다.

가령 서울에서 출발하면 '서울길'이 되고, 평양에서 출발하면 '평양길', 광주에서 출발하면 '광주길', 부산에서 출발하면 '광주길'이 된다.

노무현 순례길을 주최하는 곳은 깨어있는 시민들의 국토대장정(이하 깨시국)이고, 주관하는 곳은 노무현 순례길 대장단이다. 대장단에는 기대장, 단장, 마대장, 구대장이 있다.

1. 기대장에 대하여

노무현 순례길은 제1회, 제2회 이렇게 하지 않고 노무현 순례길 제1기, 제2기 등으로 부르고 있다. 그리고 각 기를 맡은 책임자를 기대장이라고 부르고 있다.

노무현 순례길 제1기와 제2기 기대장은 이강옥이었고, 제3기 기대장은 오홍국과 장미리였다.

2. 단장에 대하여

노무현 순례길 아래에는 서울길, 평양길, 광주길, 부산길 등이 있는데 각 길의 책임자를 쉽게 알아보기 위해 단장이라고 부르고 있다.

이는 평양길 개척단에서 사용한 평양길 개척단장, 광주길 개척단에서 사용한 광주길 개척단장에서 유래하였는데, 다른 길과 쉽게 구별하기 위해 계속 사용하자는 의견에 따라 대장이라고 하지 않고 단장이라고 하게 되었다.

3. 마대장에 대하여

마디는 구간 다섯 개를 묶어 부르는 명칭이다. 마디를 책임진 순례자를 '마디대장'이라 하고 줄여서 마대장이라고 한다.

마대장은 노무현 순례길에 참가했던 순례자들의 요청에 의해 2019년, 노무현 순례길 제3기 때 처음으로 도입되었는데, 잘 도입하였다는 평가를 받고 있다.

4. 구대장에 대하여

구간은 순례길의 하루를 달리 이르는 말이다. 즉 순례길의 하루가 한 구간이 된다. 그리고 하루를 책임진 순례자를 구간대장이라 하고 이를 줄여 구대장이라고 한다.

구대장은 순례길을 좀 더 안전하고 효율성 있게 진행하기 위해 2018년, 노무현 순례길 제2기 때 도입되었다. 처음 도입할 때의 명칭은 '구간 운영자'였으나, 제3기 때 대장단이 출범하면서 구간대장으로 명칭을 변경하였다.

참고로, 각 구간은 '서울 3길, 광주 2길, 부산 4길'처럼 달리 표현할 수 있기 때문에 구간 대장을 길대장 또는 길잡이, 길라잡이라고 다르게 부를 수 있다.

제3기 기대장, 오흥국

노무현 순례길 제3기 기대장은 오흥국과 장미리였다.
아래 내용은 제3기 기대장으로서의 오흥국 기대장의 마음가짐이다.

노무현 순례길 제3기, 기대장을 맡은 오흥국입니다. 올해도 어김없이 5월이 찾아오네요. 노무현 순례길이 깨어 있는 시민 이강옥의 아이디어로 시작된 지 3년 차가 되었습니다.

특별히 올해는 노무현 대통령 서거 10주년을 맞이하는 해가 됩니다. 노무현 순례길 제1기, 제2기를 거치면서 깨시민 들의 자발적인 참여와 봉사 그리고 배려에 저절로 고개도 숙여지고, 장기간 이어지는 힘듦 속에서도 늘 웃음과 행복을 보여주시는 깨시민 들의 즐거워하는 표정을 보면서 저 또한 무한 행복을 느꼈습니다.

이제 노무현 순례길 제3기가 되었습니다. 제3기는 우리의 바람이 지속되느냐 아니면 이벤트성이냐를 가를 중차대한 시기가 될 수도 있습니다.

이 중차대한 시점에 노무현 순례길 제1기와 제2기의 기대장이자, 노무현 순례길을 기획한 깨시민 이강옥 님의 간곡한 부탁도 있었지만, 1개의 바람이 1천 개, 1만 개가 될 수 있다는 확신과 신념을 가지고 깨어있는 시민과 함께 노무현 순례길 제3기를 꾸려볼까 합니다. "깨어있는 시민의 조직된 힘"을 믿습니다. 감사합니다.

오흥국, 2019. 3. 31

제3기 기대장, 장미리

노무현 순례길 제3기 기대장은 오홍국과 장미리였다.
아래 내용은 제3기 기대장으로서의 장미리 기대장의 마음가짐이다.

안녕하세요? 노무현 순례길 제3기, 기대장을 맡은 장미리입니다. 노무현
순례길 제1기 때, 우연히 알게 된 순례길에 동참하는 영광을 접하고, "산
티아고 순례길처럼 참가해야지", 이렇게 마음먹었습니다.

18구간 경산~청도 구간을 신청했습니다. 장장 40km로 제일 긴 코스였습니다.

경산역에서 9시에 만난 이강옥 대장님과 최영님 이렇게 단출하게 우리 셋뿐이었습니다. 서로가 놀란 거죠!! 이런!! 내 나이가 있는데, 걸을 수 있을까? 물론 기우였지만요!!

깃발을 전해 받고, 노란 순티를 입고 출발했습니다. 오월의 장미와 노란 물결, 대장정을 진행하신 이강옥 대장님, 함께 걸었던 시간들이 너무 소중한 추억으로 남아 있습니다.

존경해 마지않는 이강옥 대장님의 쾌차와 또다시 국토대장정에 함께할 수 있도록 해달라고 기도 부탁드립니다. 감사합니다.

장미리, 2019. 3. 29

제3기 구간안내, 이강옥

이강옥은 깨시국의 대표이다. 아래 내용은, 깨시국의 이강옥 대표가 노무현 순례길 제3기를 맞아 쓴 감회이다.

존경하고 사랑하는 깨시민 여러분!! 어느덧 '노무현 순례길'이 제3기를 맞이하였습니다. 처음 시작을 소중한 사람들과 함께해서 그런지 두 번째도 소중한 사람들과 함께했습니다. 어쩌면 '노무현 순례길'은 소중한 사람들로 가득 차는 그런 길인지도 모르겠습니다.

올해 노무현 순례길 제3기에는 기대장, 마대장 그리고 구대장 님들이 대장단을 이루어 순례자들이 안전하게 걸을 수 있도록 봉사하는 첫해입니다. 많은 깨시민들이 대장단에 참여하여 노무현 순례길 제3기가 안전하고 행복하게 시작되기를 희망합니다.

노무현 순례길 제3기는 5월 1일부터 총 22일간 진행되며, 날짜와 구간은 일치합니다. 저는 전 구간 또는 다구간 참가를 못하더라도, 사무국에서 하던 행정지원 참여는 열심히 하겠습니다. 사랑합니다.! 깨시민 여러분!!

이강옥, 2019. 3. 4

오미경의 시가 있는 그림

언제부터인가 노란색은
아픈 색이 되어 버린....

지금도 무언의 시위를
하는 듯

서산 유기방 가옥에서
노란 수선화 물결이 바람에
일렁인다.

오미경, 2019. 4. 4

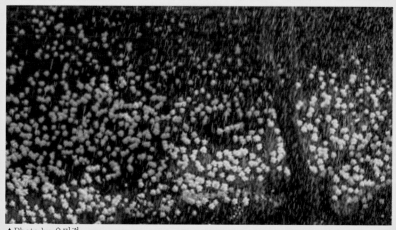

▲Photo by 오미경

제3기 출사표, 김춘영

노무현 순례길 제3기를 대표하여, 제2기 때 다구간 주자였던 김춘영 순례자가 아래의 출사표를 작성하였다.

어느새 '봉하 가는 길'이 3년째가 되었습니다. 3기가 되니 사무국도 새로 생기고 어느 정도 자리가 잡혀가는 듯합니다.

저는 노무현 순례길 제1기 때, 대전 구간에 처음 참여했습니다. 마침 그날이 대통령 선거일이라 일찌감치 투표하고 뜻이 비슷한 분들과 기분 좋게 그리고 선거결과를 기대하며 약간은 설레는 마음으로 걸었던 생각이 납니다. 그 흥분을 잊지 못해 작년 제2기에는 조금 욕심을 내어 열다섯 구간에 참여했습니다. 나중에 꼭 가보고 싶은 산티아고 순례길을 미리 연습한다는 마음으로 긴 휴가를 냈습니다.

보름 동안 걷는 내내 함께 했던 동행분들과 즐거웠던 순간들이 아직도 생생하게 기억납니다. 왜 그 비슷한 마음을 가진 사람들과는 뭔가 잘 통하는 듯하고 무언가를 함께 하기만 해도 힐링이 되고 기분이 흐뭇해지는 기분이랄까요?

거기에 많이 걷고 나니 군살이 많이 빠져 허리둘레도 2인치 정도 줄고 몸이 건강해지는 듯하여 좋았습니다.

다가오는 5월에 시간 되시는 분들은 적극 참여하시어 좋은 분들과의 흐뭇한 추억을 만들어 보시기 바랍니다. 그리고 함께 걷기의 즐거움, 그와 더불어 건강해지는 몸을 체험해 보시길 바랍니다.

김춘영, 2019. 3. 22

제3기 건의, 양희웅

평화누리길 등을 걷다 보면, 군데군데 떨어져서 평화누리길을 알리고 있는, 나무에 메달린 끈을 볼 수 있다. 또한 산티아고 순례길에서는 산티아고 순례길만의 표지석을 볼 수 있다. 노무현 순례길에도 표지석이나 표지끈 등이 있어야 하는데, 이에 대한 아이디어를 올린 순례자가 있다.

안녕하세요. 이번에도 노무현 순례길에 참가하게 된 양희웅이라고 합니다. 다름이 아니라 한가지 의견이 있어서 글 남깁니다.

모든 참여자분들이 노무현 대통령님께 가는 길을 기억하고 더 나아가 온 국민이 그 길을 보며 노무현 대통령 님을 기억하두록 순례길을 걸으며 군데군데 노란 리본을 묶어놓으면 어떨까요? 가로수 나무나 길가에, 기둥이나 다리 난간 등에 말이죠. 리본에, 참가자분들이 간단한 메세지를 써 넣어도 좋겠구요!! 물론 매년 묶어놨던 리본들 중 없어지는 리본도 있겠지만 남아 있는 리본들을 보며 매년 순례길을 걸으며 지난해에 걸었던 추억도 되살리는 계기가 되지 않을까 싶습니다.

깨시국 운영진분들과 순례길에 참여하시는 모든 분들을 응원합니다!!!

양희웅, 2019. 4. 2

일전에 건의드렸던, 순례길 리본 관련해서 청래당에서 아래 이미지로 리본을 지원해 드리기로 하였습니다.

최종 확정본은 아닙니다. 글씨는 박운음 화백님께서 직접 써주셨습니다. 화백님께 감사드립니다. 최종확정 후 리본 출력해서 깨시국 사무국으로 보내드리도록 하겠습니다. 감사합니다.

양희웅, 2019. 4. 7

제3기 참가비 지원, 꿈나라베개

저는 17구간 대구-경산에 참가하는 꿈나라베개의 이걸민이라고 합니다.
'꿈나라베개'에서 선착순 22명에게 노무현 순례길의 참가비 전액을 지원
합니다. 1인당 최대 2명까지만 신청할 수 있습니다. 마감은 5월 15일까지
입니다.

올해는 노무현 대통령 서거 10주기여서, 노무현 순례길이 더욱 뜻깊은 행
사입니다. 그래서 더 많은 참가자들이 참여했으면 하는 바람으로 이벤트
를 기획하였습니다.

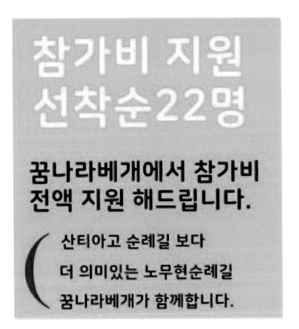

노무현 순례길은 산티아고 순례길보다 더 의미 있는 순례길이 아닐까 싶습니다. 5월 1일 서울 광화문을 출발하여 22일 봉하마을에 도착하면 순례길 행사는 종료됩니다.

작년에도 저희는 참여했었는데요, 매 구간을 하루씩 이어 걷는 형식입니다. 구간과 일자가 동일합니다. 예를 들어 1구간이면 5월 1일, 22구간이면 5월 22일 날 걷게 됩니다.

참여하고 싶으신 분은 꿈나라베개 인스타 계정에 댓글 달아주세요.
댓글로 신청 받을게요.

댓글 내용은 '1. 이름, 2. 참여구간' 이렇게 두 개만 기입해 주시면 됩니다. 선정되시면 다이렉트메시지로 다른 정보는 받을게요.

선착순입니다. 서두르세요!! 연차는 이럴 때 쓰라고 있는 겁니다. 혹시 선착순 내에 선정되지 못한 분이나, 추가로 신청 원하시는 분은 아래 주소로 신청 가능합니다.

http://naver.me/FPTQK0Sh

많은 분들과 뜻깊은 행사를 함께하고 싶습니다. 감사합니다.

꿈나라베개 이걸민, 2019. 4. 2

제3기 핀버튼 뱃지

노무현 캐릭터를 가장 많이 만든 작가는 박운음 화백님입니다. 박운음 화백님은 노무현 순례길 제2기 때부터 본인이 만든 노무현 캐릭터들을 재능기부 하고 있습니다.

노무현 순례길 핀버튼 이미지 올려드립니다. 구간 완주증을 겸한 핀버튼입니다. 구간별 이미지는 구간별 표시, 구간 맛집 등 차후 다양하게 적용돼서 노무현 순례길의 좋은 문화를 만드는 데 기여할 수 있다 확신합니다.

아울러 박운음 작가님의 작품이 우리가 자주 보는 체게바라 이미지처럼 전 세계에 퍼져나가 'K대통령 노무현'이 되기를 희망합니다. 다시 한번 박운음 작가님께 감사드립니다.

사무국, 2019. 4. 5

제3기 후원, 이강옥

순례자 들의 깨돼지 저금통 후원 릴레이를 보며 감동받고, 순례자들의 기대장 · 마대장 · 구대장 수락사를 보며 감동받고 순례자들의 출사표를 보며 마음의 상처가 치유됩니다!!

그런 고마운 마음에 저도 노무현 순례길 제3기에 제 마음의 의미를 담아 봉사자용 핀버튼 뱃지 200개와 노무현 대통령 서거 10주기 핀버튼 뱃지 1,000개를 후원합니다!! 물품은 제3기 사무국에 전달하겠습니다.

순례길 봉사자에게

진실한 봉사는 마음을 아프게 하고 상처를 줍니다. "가난한 사람들에 대한 봉사는 놀이나 연극이 아니다." 라는 소알로이
시오 신부님 말씀이 생각납니다.

노무현 순례길을 준비한다는 것 또한 끊임없는
고통이며, 불편이요, 아픔이며, 창피요, 희생일 수
있습니다.

제1차 순례혁명, 천 개의 바람

시민의 마음을 담으면 혁명이 되고
시민의 마음을 담지 못하면 쿠데타가 됩니다.

기대장 님의 수락사처럼 '깨어있는 시민의 조직된 힘 = 깨시민 시스템'
입니다.

마대장 님의 상머슴론처럼 대장님 들과 사무국의 유기적인 활동 모습들
을 보며 희망을 봅니다.

순례에 시민의 마음을 담아 순례혁명을 할 수 있는 노무현 순례길 제3기
가 됐으면 좋겠습니다!!

제1차 순례혁명!!
천 개의 바람이 되어!!!

이강옥, 2019. 4. 12

제3기 후원, 이걸민

작년 노무현 순례길 제2기에 참가해보니, 너무 좋은 날씨에 장시간 야외에서 걷다 보니, 팔이 참 잘 익었었습니다.

그래서 이를 방지하고자, 꿈나라베개에서는 이번 순례길에 팔토시 300개를 후원하려고 주문했습니다. 그리고 드디어!! 오늘 주문한 제품이 도착했습니다. 급하게 제작하느라 그런지 인쇄 잉크 냄새가 강하게 남아 있네요. 처음에 비닐 뜯어보고 깜짝 놀랐어요. 무슨 화학 약품 냄새가, 알고 보니 잉크 냄새군요.

받아보시고 놀라지 마세요. 내일 사무국으로 시원한 팔토시 택배 발송하겠습니다.

이걸민, 2019. 4. 15

▲Photo by 이걸민

제3기 보도자료, 임상현

노무현 순례길, 깨어 있는 시민들의 국토대장정

스페인에 산티아고 순례길 있다면, 한국에는 노무현 순례길이 있다.

행 사 명 : 노무현 순례길
행사주최 : 깨어있는 시민들의 국토대장정
행사주관 : 노무현 순례길 제3기
행사기간 : 2019. 5. 1. ~ 5. 22.

노무현 대통령 서거 10주년을 맞아, '노무현 순례길' 행사가 오는 5월 1일~22일까지 22일간 펼쳐질 예정이다.

'노무현 순례길'은 깨어 있는 시민들의 모임인 '깨시국'이 故 노무현 대통령을 그리며 5월 1일부터 5월 22까지 22일간, 서울 광화문을 출발하여 경남 봉하마을까지 릴레이로 걷는 행사이다.

'노무현 순례길'의 발대식은 5월 1일 오후 1시 광화문광장의 이순신장군 동상 앞에서 시작되는데, 발대식이 끝나면 광화문~남영역~용산역~노량진역~대방역~신길역을 지나 국회의사당역까지 15.2km를 걷는다.

'노무현 순례길'을 기획한 이강옥(깨시국 대표)은 "서울 광화문에서 경남 봉하까지 노무현 대통령이 이승에서 마지막으로 간 길을 22개의 구간으로 나누어, 1구간부터 22구간까지 릴레이로 이어 걷는 뜻 깊은 행사"라면서, "각 구간의 대표주자는 다음 구간의 대표주자에게 깃발을 전달"한다고 했다.

아울러, 노무현 순례길 제3기 대장인 오홍국은 "노무현 순례길을 통해 노무현 정신을 되돌아보고, 나의 삶 또한 되돌아보자!!"라는 것이 취지라면서, "대통령님은 우리의 마음속에 영원히 남을 아름답고 고마운 분이십니다. 대통령님께서 얼마나 국민들을 사랑했는지 그의 업적과 미담을 보면 그를 잃은 슬픔이 더욱 커집니다. 그러하기에 노무현 대통령께서 이루고자 한 세상을 '노무현 순례길'을 통해 잊지 않고 회상하는 것이 중요합니다."라고 행사의 의미를 강조했다.

한편, 최근 출간된 『스페인은 순례길이다』의 저자인 김희곤 건축가는 "전 세계인들에게 사랑받고 있는 스페인의 '산티아고 순례길'은 사도 야고보가 잠들어 있는 곳으로 걸어가는 길입니다. '노무현 순례길' 역시 우리나라 민주주의 발전의 토대를 마련한 故 노무현 대통령이 잠들어 있는 곳으로 걸어가는 길입니다."라고 이야기를 꺼냈다.

김희곤 건축가는 "노무현 순례길의 의미 역시 그가 우리에게 남기고 간 사랑을 되새기는 일에 있으며, 여기에 남은 우리가 '어떻게 살고 어떻게 죽을 것인가'를 통찰하는 일에 있습니다."라면서 "故 노무현 대통령이 살다 간 삶과 죽음 사이의 공간에는 우리의 소망과 자유가 담겨 있습니다. 그 소망과 자유는 우리로 하여금 대한민국을 더 성장시키고 행복한 공동체로 만들라는 간곡한 권유입니다."라며 노무현 순례길에 참가하는 소회를 밝혔다.

다른 한편, 노무현 순례길 제2기의 행적을 『노무현 순례길』이란 책에 담아낸 민서희 작가는 "노무현 순례길은 노무현 없는 노무현 시대에 노무현이 이야기한 깨어있음과 순례길을 걷는 나 자신을 화두 삼아 마음으로 걸었던 소중한 시간이었다고 생각합니다."라면서 순례자의 감성을 사진과 함께 다큐멘터리 형식으로 기술했다.

민서희 저자는 "노무현 순례길은 노란 순례자들이 22구간을 이어가는 매우 독특한, 대한민국 최고의 의미 있는 길"이라고 담담히 이야기하며, "프랑스와 스페인 사이에 산티아고 순례길이 있다면, 대한민국의 서울과 경남 봉하 사이에는 노무현 순례길이 있다."라고 행사의 의미를 책으로 전했다.

행사모임 : band.us/@eokplatform
행사문의 : 오홍국, 민서희

임상현, 2019. 4. 29

제1마디

몬구
노두

1구간

제1마디 대장, 함도현

1마디를 여러분과 함께할 함도현입니다.

출사표!!!!! 엄청 비장하쥬, 그래유, 지금 심정은!!

노무현 순례길 제3기, 서울길 1마디 대장이라는 막중한 임무를 덜컥 수락하고, 걱정에 뜬눈으로 밤을 지세웠답니다. 하지만 지금은 편안합니다.

이 시대의 큰 어른이신 백기완 선생님이 얼마 전, 방송에서 한 말씀으로 출사표를 하고자 합니다.

"인생 살아보니 죽기 아니면 살기여~~~" 네, 이왕 하기로 결심한 거 후회 없이 열심히 해보겠습니다. 국토대장정의 시작을 담당하는 일이라 부담감 10,000%지만, 앞서 올린 글처럼 부담 갖지 않고 수줍어 뒤로 물러서지도, 걱정도 하지 않겠습니다!!

앞만 보고 가겠습니다!! 함께하는 깨시국 동지들이 있으니까요. 많이 도와주실 거죠!!

5월 1일 광화문에서 뵙겠습니다. 깨국

함도현, 2019. 3. 29

▲Photo by 오건호

제1마디 대장, 이혜진

안녕하세요. 1마디 대장을 맡게 된 광화문혜진 이혜진입니다.

노무현 순례길 제1기, 제2기에 참가한 경험으로 마대장의 임무를 주신 거 같습니다.

저는 제1기와 제2기 때 서울길 1구간 주자를 맡았습니다. 그때는 서울길

밖에 없었습니다. 매번 많이 긴장도 됐고 부담도 됐는데 봉하를 향해 함께 걸으면 너무 행복하고 가슴 벅찬 감동이 있었습니다.

노무현 순례길 제1기 때의 좋은 기억으로 제2기 땐 친오빠와 20구간을 함께 걷기도 했습니다.

이번에 마대장을 권유 받았을 때, 노무현 순례길에 도움이 될 수 있으면 무엇이든 해보자는 생각으로 맡았습니다. 올해는 작년보다 더 큰 노란 물결이 봉하에 흐르도록 많이 돕고 소문내도록 하겠습니다.

이혜진, 2019. 3. 31

▲Photo by 오건호

2019년 5월 1일

노무현 순례길 제3기, 1구간 포스터

노무현 순례길의 목적지는 경남 봉하마을이다. 따라서 출발하는 곳을 사용하여 길 이름을 만들 수 있다. 가령 서울길은 서울에서 출발하여 봉하마을까지 가는 것이다.

서울길은 구간과 날짜가 일치한다. 즉 5월 1일이 1구간이다.

노무현 순례길 공식 포스터는, 그 전해에 찍은 기념사진이 올해 공식 포스터로 사용된다. 서울길 1구간 공식 포스터는 아래와 같다.

위 포스터는, 1년 전 그러니까 제2기 때 1구간에서 찍은 기념사진이다.

1구간 대장 & 주자, 이혜진

올해도 1구간 깃발을 들게 되었습니다. 깃발을 잘 들고 걸었더니 또 주자를 하게 해주신 거 같습니다. 봉하 가는 첫걸음 힘차게 나가겠습니다.

노무현 대통령을 기억하고 그리워하는 분들과 봉하로 향하며 가슴 벅찬 감동을 받았고, 주변 시민들의 응원과 관심에 큰 힘을 얻었습니다.

같은 방향으로 함께 하는 사람들이 있다는 건 행복한 일입니다. 노무현 순례길 제1기 때의 노란 물줄기가 제2기 때 더 큰 물줄기가 되었고, 이번 3기 때는 노란 큰 강이 되어 봉하로 흘러갔으면 좋겠습니다.

저도 이번에 많은 구간을 참여하도록 하겠습니다. 감사합니다.

이혜진, 2019. 4. 2

▲Photo by 오건호

▲Photo by 오건호

▲Photo by 오건호

1구간 주자, 양소영

2018년에 이어 두 번째 참가입니다. 저를 다시 초대해주신 깨시국 시민 여러분께 감사드립니다.[1]

올해도 첫 구간을 맡게 된 것이 부담스럽지만 일정을 맞추다 보니 그리되었습니다.

---

1) 1구간 주자 양소영은 법무법인 숭인의 대표 변호사이다.
　 위 오른쪽 그림은 그녀가 2019년에 쓴 책 『인생은 초콜릿』의 앞표지이다.

▲Photo by 오건호

테레사 수녀님의 말씀을 새겨봅니다.

"가장 위대한 생각을 품고 있는 사람들이 가장 소심하고 나약한 생각을 품고 있는 사람들의 총에 쓰러질 수 있습니다. 그럼에도 불구하고 크게 생각 하십시오."

또다시 봄이 찾아왔습니다. 미안함과 그리움을 안은 분들과 함께 노무현 순례길을 걸어 보겠습니다. 그리고 다시는 위대한 생각을 가진 아름다운 사람을 잃는 일은 없었으면 하고 빌어보겠습니다.

포기하지 않고 '함께 사는, 사람 사는 세상, 깨어있는 시민의 나라'를 만들어 가면 좋겠습니다. 마지막 구간까지 모두 참여하지 못하지만 무사히 종주하시도록 마음은 늘 함께하겠습니다.

감사합니다.

양소영, 2019. 4. 1

▲Photo by 오건호

1구간 주자, 송정화

드디어 5월입니다. 작년 이맘때 이강옥 대장님의 열정에 이끌려 멋모르고 참가했던 노무현 순례길!! 평소 운동과는 원수처럼 지내온 탓에 순례길은 나에게 고행길이 되었답니다.

초반에 씩씩하게 깃발 들고 옆 사람과 담소도 나누고 가던 패기는 중반 이후로는 저 멀리 던져버리고 그저 앞만 보고 걸었더랬습니다.

그런데 참 이상하죠. 그 처절했던 기억들이 날이 갈수록 그리워지더군요. 같이 걷던 사람들, 나눈 대화들, 스쳐 가던 풍경들, 이글거리던 아스팔트의 열기까지 모두 다 그리워졌습니다.

▲Photo by 송민준

그래서 저는 또 걸으려 합니다. 걸으며 만나려 합니다. 사람 냄새나는 사람들을, 함께 살아가는 세상을 만들고 싶어 했던 노무현의 정신을 그리워하는 또 다른 노무현들을, 그리고 생각하려 합니다. 엉겨버린 실타래처럼 꼬여버린 나의 일상을 바로잡을 방법을.

먼지를 뒤집어쓰고 땀범벅이 되어가며 미련스러울 정도로 터벅터벅 걷다 보면 뭔가 방법을 찾을 수도 있지 않을까 기대해봅니다.

들불처럼 타올랐던 촛불의 힘이 광화문에서 봉하까지 시민들의 노란 물결로 이어지길 바랍니다. 나의 마음 어딘가에 숨겨져 있던 희망도 노란 빛으로 되살아나길 바랍니다.

그래서 광야에서 울부짖던 초인까지는 아니더라도 너른 벌판에서 한바탕 크게 소리치고 싶습니다. 야~~~ 좋다~~~!!

송정화, 2019. 4. 30

▲Photo by 오건호

1구간 주자, 윤경숙부부

안녕하세요. 경북 상주에 살고 있는 윤경숙입니다.

▲Photo by 오건호

노무현 순례길 제2기 때, 다른 이들에게 말도 못하고 혼자 김천 구미 구 간을 참가했습니다.

이곳은 워낙 거시기 한 동네라 누구한테 하물며 남편한테도 말도 못하고 참가했습니다.

그렇지만 이젠 남편이 더~~~ 더 든든한 지원군입니다. 우리 딸들도 함께 참여하려고 합니다.

그냥 '봉하' 라고 생각하면 그분이 보고 싶고 그리웠습니다. 이런 기회에 여러분들과 또 다른 인연이 되어 만남이 되니 너무도 행복했습니다.

3기 때에는 구대장을 자청했습니다. 서울길 14구간 김천~구미 구간은 내가 어릴적 자라던 동네이기에 자신이 있었습니다. 내가 최고 연장자인 것 같은데, 정열과 젊음이 넘치는 분들께 혹 누가 되지 않을까 걱정이 앞섭니다.

힘이 되어 주실 것으로 믿고 그냥 가겠습니다. 광화문에서 뵙겠습니다.[2]

윤경숙, 2019. 4. 16

▲Photo by 김경열

---

2) 위 사진은 노무현 순례길 제3기 행사가 끝난 뒤, 2019년 7월 백두산 천지에서 보내온 사진이다.

1구간 주자, 김희곤

깨어 있는 시민들의 릴레이 국토대장정, '노무현 순례길'에 처음으로 참여하게 되었습니다. 저는 최근 출간된 『스페인은 순례길이다』의 저자 김희곤입니다. [3]

전 세계인들에게 사랑받고 있는 스페인의 '산티아고 순례길'은 사도 야고보가 영면해 있는 곳으로 걸어가는 길입니다. '노무현 순례길' 역시 우

---

3) 1구간 깃발주자 김희곤은 스페인 건축 전문가이다.
　위 오른쪽 그림은 그가 쓴 책 『스페인은 순례길이다』의 앞표지이다.

리나라 민주주의 발전의 토대를 마련한 故 노무현 대통령의 묘역으로 걸어가는 길입니다.

산티아고 순례길의 진정한 의미는 우리가 세계시민으로서 사도 야고보의 사랑을 실천하는 것과 우리 스스로 '어떻게 살고 어떻게 죽을 것인가'를 질문하는 것에 있습니다.

노무현 순례길의 의미 역시 그가 우리에게 남기고 간 사랑을 되새기는 일에 있으며, 여기에 남은 우리가 '어떻게 살고 어떻게 죽을 것인가'를 통찰하는 일에 있습니다.

故 노무현 대통령이 살다 간 삶과 죽음 사이의 공간에는 우리의 소망과

▲Photo by 오건호

자유가 담겨 있습니다. 그 소망과 자유는 우리로 하여금 대한민국을 더 성장시키고 행복한 공동체로 만들라는 간곡한 권유입니다.

브라질의 문호 파울로 코엘료는 "비범한 삶은 언제나 평범한 사람들의 길 위에 있다"고 말했습니다. 노무현 순례길에서 뿜어져 나오는 뜨거운 열정 은 우리를 더 나은 사람으로 성장시키고, 우리 스스로 더 행복한 세상을 만들 수 있도록 끊임없이 용기를 북돋는 사랑의 선물이 될 것입니다.

김희곤, 2019. 4. 27

▲Photo by 오건호

1구간 주자, 임빡

그리워서 올 해도 걷습니다!! 한 발 한 발 당신을 그리워하며 걷겠습니다!

그리고 앞으로도
깨어있는 시민으로 살겠습니다!

5월 1일, 수요일 오후 1시!

서울길 총 22구간 중 1구간 첫 출발!

광화문에서 국회의사당까지
4시간동안 함께 걷습니다.

(인천대표)
임경환 이한용 나상대 김충현
김용호 차지영 정현구 박정하와 꼬물이

차지영, 2019. 4. 26

▲Photo by 오건호

▲Photo by 송민준

▲Photo by 오건호

1구간 국회버스킹, 김용호

서울 1길은 광화문을 출발해 여의도 국회의사당까지 이어진 길이다. 서울 1길이 끝나는 곳, 국회 앞에서 인천아트센터 김용호 단장의 버스킹이 있었다.

안녕하세요. 인천아트센터 김용호 단장입니다. 음악을 하는 사람으로서, 누군가에게 위로가 되고 힘이 되어 드리고 싶어 첫 곡으로 김효근 작곡의 「내 영혼 바람되어」를 준비했습니다.

▲Photo by 오건호

▲Photo by 오건호

두 번째 곡은 조영수 작곡, 이승철 노래 「내 영혼 바람되어」를 준비했습니다. 선정 이유는, 슬퍼도 행복하다는 이 곡의 가사가 매우 인상 깊었고, 故 노무현 대통령이 우리에게 참 고마운 분이라는 의미에서 선곡하게 되었습니다.

김용호, 2019. 4. 26

▲Photo by 오건호

1구간 국회버스킹, 생마늘팀

국회 앞에서 인천아트센터 김용호 단장의 버스킹이 끝나고, 생마늘팀의 버스킹이 있었다. 생마늘이라는 이름은 생긴대로의 임희야, 마음대로의 변용수, 늘 행복의 이인숙을 줄여 만든 팀 이름이었다.

노무현 대통령 서거 10주기를 맞이하여, 서거 10주기에 첫 번째라는 신선한 느낌으로, 노무현 순례길 첫 구간인 광화문길에서 공연을 하고 싶어서 재능기부를 하게 된 생마늘팀의 '늘 행복' 입니다.

▲Photo by 오건호

노무현 순례길 제2기, 서울길 22구간인 진영길에서는 먼 길을 걸어 온 깨시국 님들의 몸과 마음의 피로를 신나는 음악을 통해 풀게 하고 봉하에 오시는 분들과 어울려 축제의 분위기를 연출하는 것이었습니다.

이번 제3기에는 10주기라는 의미가 있는 만큼 무슨 곡으로 공연을 준비할까, 고민하다가 우연한 기회에 소향의 「바람의 노래」라는 곡을 듣게 되었는데 그때 "아~ 이 곡으로 하면 되겠다!!"라는 느낌을 받았습니다.

이때 저의 정신적인 멘토이신 분이 돌아가셨는데, 이 노래가 그분을 더욱 그리워하게 하였고, 노무현 대통령이 돌아가신지 10주기라 노래의 가사들이 더욱 의미 있게 가슴에 와닿았습니다.

▲Photo by 오건호

그래서 과거 나를 떠난 사람들, 가족, 친구, 연인, 의인들을 생각하며 그리워하고 현재 나와 연결되어 있는 소중한 사람들에게 감사함을 전하며 저의 사랑을 바람의 노래를 통해 사랑의 노래로 표현하고자 이 곡을 선택하게 되었습니다.

그런데 이 곡에 어울리는 춤이 고전무용인데 고전무용을 한 번도 접해 본 적이 없는 저희로서는 안무가 너무 생소해서 과연 안무를 해낼 수 있을까? 라는 고민이 들었습니다.

무용을 준비하면서 "포기할까?"라는 생각이 들 정도로 힘이 들었고 무엇보다 감정이 들어가야 좋은 곡인데 그 부분이 표현하기 어려워서 부담감이 커져만 갔습니다.

▲Photo by 오건호

그 와중에 깨시국 이강옥 대장님께서 『노무현 순례길』이라는 책을 선물해 주셔서 읽게 되었습니다. 그 책을 읽으며 "깨어서 움직이시는 깨시국 님들을 보니, 힘들어도 해내야겠다."라는 의지가 생겼습니다.

그리고 무엇보다 전문적으로 추는 춤을 따라 하다 보니 많이 힘이 들었는데 생각을 바꿔서 "나는 전문가가 아니고 전문가처럼 출수도 없다. 나는 나처럼 추면 된다."라는 생각으로 부담감을 내려놓자 몸과 마음이 한결 편안해져서 즐겁게 연습을 하게 되었습니다.

그리고 의상을 준비하는 과정에서 노무현 순례길의 상징인 티셔츠 색상에 맞춰서 준비하면 좋을 것 같다는 의견을 반영해서 선호하는 핑크(?)를 과감히 포기하고 노란색으로 의상을 준비하였습니다.

▲Photo by 오건호

노무현 순례길을 함께 걷거나 거기에 필요한 후원과 기획으로 도움은 못 되지만 '깨어있는 시민들의 순례길'이라는 슬로건 아래 한마음이 되어 이번 행사도 준비해 봅니다.

순례길에 첫 번째 노란 나비가 되어 노무현 순례길을 걸어가시는 깨시국 님들의 발걸음에 응원을 보태며 가시는 길에 안전과 건강을 위해 응원하 겠습니다.

그리고 사랑과 감사, 행복과 추억, 한마음과 어울림의 향기가 더욱 멀리 퍼져 더 많은 깨시국 님들이 함께하는 10주기가 되기를 희망합니다.

생마늘팀, 2019. 5. 1

▲Photo by 오건호

1구간 응원, 오흥국

며칠 전부터 비 예보와 공기질이 안 좋다는 소식이 있어 전국 각지에서 오시는 우리 깨시민 님들이 불편할 거 같아 걱정했는데 하늘은 스스로 돕는 자를 돕는다는 말이 실감이 날 정도로 쾌청합니다.

그동안 순례길을 뒤에서 묵묵히 준비해 주신 사무국 요원들과 대장님들께 감사의 말씀을 올립니다. 노무현 순례길 제1기, 제2기를 거치면서 저희 깨시국은 인구가 급속도로 늘고 있고 연령대도 낮아지고 있습니다.

대한민국과 반대의 현상이 벌어지는 거지요. 우리 깨시민이 이 순례길을 걸으면서 노짱의 정신 "사람 사는 세상" 에는 공정한 세상, 포용하는 세상이 깃들여 있다고 생각합니다.

그리고 그러한 세상을 건설하기 위해 자기 자신을 다시 한번 성찰하는 순례길이 되었으면 합니다. 지금은 우리 깨시민이 광화문에서 봉하마을까지 걷고 있지만 평화와 번영의 시대에는 노짱이 걸었던 평양에서 휴전선을 넘어 봉하마을까지 걷기를 고대해 봅니다.

깨어있는 시민 여러분 얼마 남지 않았습니다. 그날은 틀림없이 올 거라고 믿어 의심치 않습니다. 오늘부터 22일간 이어지는 대장정에 저희는 안내자로서의 본분을 다하겠습니다.

이 시작이 천 개, 만 개의 깃발이 되어 세상을 밝히는 밀알이 바로 이 순례길을 걷는 깨시민들입니다. 즐겁고 행복하게 걸으시고 안전에 유의하시기 바랍니다. 감사합니다.

오흥국, 2019. 5. 1

1구간 참가, 이정해

다시 순례길에 오릅니다. 내일 먼저 서울로 출발합니다. 제주에서 출발하는 여정이라 짐이 생각보다 많네요. 육지 가는 길 시간이 허락하는 한 많이 걷고파서 주섬주섬 챙겨 담으려다 보니 짐이 하나둘 늘어나네요.

우비가 하얀색이라 빼야겠어요. 작년 한 구간 걷고도 녁다운이었는데 올해 다구간 걷고 살아남을지가 관건이네요.

많은 도움 부탁드립니다!! 5월 1일 광화문에서 뵈어요!!

이정해, 2019. 4. 29

▲Photo by 오건호

1구간 후기, 최유림

같은 생각으로, 처음 마주하는 분들과 함께 걷는다는 것!! 참으로 의미 있는 것 같습니다. 찍은 사진들을 보고, 오늘 하루의 시간을 생각하니, 가슴 한편이 뭉클하고, 울컥합니다.

▲Photo by 오건호

오늘이 시작이지만 노무현 순례길을 기획하고 준비하신 분들, 무거웠을 텐데 깃발을 드셨던 분들, 한 분 한 분 예쁜 각도로 사진 찍어주셨던 분들, 그리고 아름다운 세상을 만들어 갈 귀여운 아이들, 첫날을 서로의 '섬김' 과 '나눔' 을 통해 즐겁게 마무리할 수 있었던 것 같습니다!!

5월 1일, 서울길 1구간이지만, 봉하마을 가는 22일까지 귀한 걸음 하시는 모든 분들 아프지 않고, 끝까지 함께 완주하시기를 소망하고, 소망합니다!

최유림, 2019. 5. 1

1구간 후기, 함도현

1마대장 함도현입니다. 1구간 행사는 잘 마무리되었습니다. 시작은 지금부터입니다. 서울길 1구간은 출정식이라는 상징성 때문에 주목받고 행복한 시작일지 몰라도 내일 2구간부터는 주목을 못 받는 고난의 길입니다. 진정한 순례길은 내일부터라고 생각합니다.

▲Photo by 김기경　　　　　　　　　　　▲Photo by 최유림

내일부터 우리의 동지인 순례자들을 많이 응원해 주세요. 깨시민들의 열렬한 응원 부탁드립니다. 2구간부터의 진정한 순례자들에게 경의를 표합니다.

함께~~~ 봉하가는길!!
사랑한다면~ 노무현처럼!!

함도현, 2019. 5. 1

오건호가 포착한 1구간

제1마디

함께

2구간

노무현 순례길 제3기, 2구간 포스터

서울길 2구간 공식 포스터는 아래와 같다.

▲Photo by 사무국

2구간 대장, 김진현

안녕하세요. 노무현 순례길 제3기, 서울길 2구간 대장 김진현입니다.

작년에 이어 올해도 많은 이들을 만날 수 있게 되어 고맙습니다. 땀으로 이어지는 봉하 가는 길을 빛나고 뜻깊게 만들 수 있게 되어 참으로 고맙고 감사합니다.

▲Photo by 송민준

▲Photo by 송민준

서로의 가슴을 이어지게 만들 수 있는 그분이 계셨기에 깨시국이 있을 수 있었습니다. 깨시국 동지 여러분 사랑합니다!![4]

김진현, 2019. 4. 11

---

4) 위 사진은 서울 1길, 광화문광장에서 찍은 사진이다.

2구간 대장, 최유림

안녕하세요. 깨시국의 노무현 순례길 제3기, 서울길 2구간 대장을 맡게 된 최유림이라고 합니다. 아직 대장이란 말이 낯서네요.

작년 5월 2일, 서울길 2구간을 걸었을 때가 지금도 생각나네요. 비가 보슬보슬 내리던 아침, 걱정이 되었지만, 저의 고민과 다르게 전혀 고단한 점도 없이, 그날 하루를 보냈습니다.

곳곳에서 인증샷을 남기고, 중간에 함께 따뜻한 커피를 마시고, 제 인생의 이쁜 추억을 남겼습니다. 노무현 순례길을 기획하고 참가해 주신 이강옥 대표님, 저희의 모습을 예쁘게 담아 주신 송민준 감독님 보고 싶습니다.

▲Photo by 오건호

▲Photo by 송민준

그리고 이번에 함께 2구간을 맡으신 김진현 대장님과 아름다우신 옆에 계신 분, 힘들었을 텐데 힘든 기색 하나 없이 깃발 들고 가셨던 빨강 모자의 김동인님, 성함을 모르는 또 한 분 그리고 가장 중요한 차량봉사해주셨던 분, 모두 너무 보고 싶습니다.

저는 2구간 하루를 걸었지만, 똑같은 노란 티를 입고 걸으니, 혼자 걸었다면 못 걸었을 거리, 함께 했기에 가능했다고 생각합니다.!!

사람 사는 세상, 아름다운 세상을 생각하고, 그분을 기억하며 이번 해에도 그 걸음에 동행하겠습니다. 그리고 이 길을 위해, 준비하시는 분들, 참가하시는 분들을 위해, 그날까지 체력적으로나, 마음으로나 평안하기를 소망합니다. 감사합니다.

최유림, 2019. 5. 2

2구간 주자, 안덕한

순례길은 나를 뒤돌아 보는, 아니 나의 미래를 밝혀 주는 등불이기도 하다. 어찌 보면 "노무현보다 내가 우선이 아닌가?" 하는 물음을 보내기도 한다!!

노무현을 연호하는 것은 나의 삶이 그렇게 사람 사는 세상에 어울리고 싶음이다. 사람 사는 세상, 함께하는 세상, 차별 없는 세상은 우리 모두가 바라는 세상이다.

내가 옳고 내 주장이 강하면 그것은 사상이고 이념이다. 서로가 서로를 배려하는, 모두가 어울릴 수 있는 그런 사람 사는 세상을 맞이하고 싶다. 바보 노무현이 바라는 세상을 맞이하고 싶다!!5)

안덕한, 2019. 5. 2

▲Photo by 오건호

5) 위 사진은 서울길 1구간, 광화문광장에서 찍은 사진이다.

2구간 주자, 홍선표

故 노무현 대통령을 추모하는 깨어있는 시민들의 릴레이 국토대장정 '노무현 순례길, 봉하 가는 길'이 벌써 올해로 세 번째를 맞이하게 되었습니다.

이 행사는 깨어있는 시민들이 자발적으로 주도하고 이루어낸 뜻깊은 행사입니다.

저도 작년에 처음으로 서울길 2구간에 참여하였습니다. 그날 오전에는 소나기가 세차게 내렸지만, 오후에는 맑게 갠 파란 하늘이 나타나면서 문자 그대로 5월의 푸른 하늘 아래를 걸을 수 있었습니다.

대부분 처음 뵙는 분들이었지만 오랜 친구들처럼 이런저런 이야기를 하기도 하고, 지나가는 시민분들의 응원도 받으며 그렇게 걷다 보니, 세찬 소나기마저 시원한 물줄기 같았습니다. 그날 오후에 만난 맑은 하늘은 새로운 길을 비추는 광명처럼 느껴졌습니다.

이제 저는 5월 2일 또다시 깨어있는 시민분들과 함께 봉하 가는 길에 제 작은 발걸음 하나를 더하려 합니다. 작은 발걸음들을 함께 모아주는 분들이 있으니 비가 와도 좋고, 바람이 불어도, 햇볕이 쨍쨍해도 다 좋습니다. 함께 하는 사람들이 있는데 그게 무슨 상관이 있겠습니까!!

이렇게 마음을 나눌 수 있는 깨어있는 시민들과 함께할 수 있다는 것이

기쁘고, 이렇게 걸을 수 있는 깨어있는 시민분들이 많아서 행복합니다.

저의 발걸음을 깨어있는 시
민들의 아름다운 행보에 더
할 수 있어서 영광입니다.

홍선표, 2019. 4. 12

▲Photo by 김진헌

▲Photo by 송민준

2구간 주자, 문성호

깨어있는 시민들의 국토대장정!! 첫 참가입니다. 뜻깊은 행사에 참여할
수 있는 기회를 주셔서 감사드립니다.

최근 크고 작은 일들로 인해 우리 사회 곳곳에 혐오의 씨앗이 널리 퍼지

게 되었습니다. 이 씨앗들은 점점 자라나 서로를 막는 가시덤불이 되어 우리를 떨어뜨리려 할 것입니다.

그러나 사람은 혼자서 살 수 없습니다. 추운 겨울이 지나가고 따뜻한 봄에 피어나야 할 것은 가시덤불이 아닌 꽃이 되어야 할 것입니다. 분노는 용서로, 고립은 소통으로 나아가야 합니다. 혐오를 상생으로 바꾸어 나혼자가 아닌, 모두와 함께 나아가야 합니다.

혐오 없는 세상, 갈등과 미움을 사랑으로 안는 세상, 함께 사는 세상을 만들어나가길 바라는 마음으로 한 걸음 한 걸음 나아가겠습니다.

참여하는 모든 시민분들의 무사한 종주를 기원하며, 혹 참여하지 못하는 구간도 마음만은 함께 하겠습니다.

문성호, 2019. 4. 11

◀Photo by 송민준

◀Photo by 김진현

최유림의 사진으로 보는 후기

위 그림은, 노무현 순례길 제3기, 서울길 2구간 대장이었던 김진현과 그
의 아내가 제3기 순티를 입고, 2019년 6월, 스위스 융프라우에서 보내온
사진이다.

제1마디

3구간

노무현 순례길 제3기, 3구간 포스터

서울길 3구간 공식 포스터는 아래와 같다.

▲Photo by 사무국

3구간 대장, 조인태

안녕하세요. 노무현 순례길 제3기, 서울길 3구간 대장을 맡은 조인태(보부상)입니다.

노무현 순례길 제1기부터 제3기까지 함께 할 수 있음에 감사드립니다.

노무현 대통령이 꿈꾸었던 '사람 사는 세상'을 위해 내딛는 한 걸음 한 걸음이, 이제 '사람이 먼저인 세상'에서 함께 하는 귀한 발걸음이 될 수 있도록 최선을 다하도록 하겠습니다.

조인태, 2019. 4. 11

▲Photo by 조인태

▲Photo by 민서희

3구간 주자, 김미경

노무현 순례길 제3기, 서울길 3구간 주자로 함께 하게 되어 영광입니다. 함께 하는 모든 분들과 하나가 되어 봉하까지 걷는다는 생각을 하니 설레이기도 합니다.[6]

---

6) 3구간 주자, 김미경은 유튜브방송 '별피디의 나는 오늘'의 PD이다. 그리고 전 국민TV 시사토크 쇼 '맘마이스'의 PD이다.

평범한 방송인으로 살아가던 제게 '정치는 삶이다'라는 것을 깨닫게 해 준 분이 故 노무현 대통령이셨습니다. 물 한통 사먹는 것도, 전기세를 내 는 것도, 지하철을 타고 다니는 것도 모두 정치와 연결되어 있고, 우리는 정치 안에서 살고 있습니다.

그래서 노무현 대통령은 늘 깨어있으라 하셨습니다. 깨어서 의견을 말하 고, 광장으로 뛰어나가 촛불을 들고 행동하라 하셨습니다.

그 말씀을 늘 가슴에 새기고 살고 있습니다. 이번 순례길을 걸으며 개인

적으로는 저와의 싸움을 하게 되겠지만, 개인적 깨우침보다 노무현 대통령이 늘 우리 곁에 살아 숨 쉬고 계시다는 것을 잊지 말자는 의미도 되새기는 시간이 될 것이라 믿습니다.

저는 제 생의 마지막 순간까지 깨어있으려 노력할 것입니다. 그렇기에 이번 순례길은 제게 중요한 시간이 될 듯합니다.

이번에 순례길은 처음 참가하지만 앞으로도 시간이 허락된다면 함께 하겠습니다.

더 많은 분들이 함께 하셨으면 좋겠습니다. 감사합니다.

김미경, 2019. 4. 16

▲Photo by 민서희

3구간 주자, 김민준

"어려운 환경 속에서 사람과 사람과의 믿음으로 만들어 낸 일이 자랑스럽다."

2004년 프랑스 방문 길에서 돌아오던 노무현 대통령은 느닷없이 이라크 자이툰 부대를 방문한 자리에서 우리 젊은이들에게 말합니다.

"여러분의 노력과 희생으로 우리나라가 국제적으로 발언권을 얻고 있습니다. 모쪼록 몸 건강히 잘 지내십시오. 나머지는 대통령인 내가 책임지고 잘 마무리하겠습니다."

당시 노무현 대통령은 지지자들로부터도 파병 반대에 직면했었지요. 엄연한 국제질서 속 현실에 노무현 대통령은 고뇌에 찬 결단을 내립니다. 당시 유시민 작가도 반대 의견을 개진한 걸로 기억하고 있습니다.

인간 노무현은 그런 사람이었고 앞으로도 그런 사람으로 우리 가슴속에 살아있을 것입니다.

초보 운전자인 저 김민준에게 3구간 대표기수 맡겨주심에 감사한 마음으로 나서렵니다. '자이툰 부대' 장병들을 격려하는 노무현...,

한 장병이 예고 없이, 사정 없이 달려들어 깊은 포옹으로 번쩍 들어 올려진 노무현의 얼굴이 다시 보고 싶습니다.

그때 얼굴은 놀랍지만 이내 그 특유의 밝고 바보스러운 천진난만한 미소로 변하고 있었죠. 또다시 그 웃음을 보고 싶습니다!

김민준, 2019. 4. 16

▲Photo by 송민준

3구간 주자, 김장현

노무현 순례길에 나서며 임이 그리워, 사람 사는 세상에서 살고 싶어, 같이 걷겠습니다. 저는 얼마 전, 통신 대란의 책임자인 KT를 전혀 인간 답지 못하게 다니고 있는 사람입니다.

엄밀히 말씀드리자면 겉 모양만 사람이고 속은 아닌 인간이라 할까요?
5G에 가려진 직원 및 종사원들의 복리후생은 말하면 뭐 할까요?

90년대 초중반 해마루 직원인 노무현 변호사 기억이 새롭습니다. 노동인
권을 주창하시던 인간 노무현이…….

김장현, 2019. 4. 28

▲Photo by 송민준

3구간 주자, 김성춘

나와 내 가족과 우리를 위해 노란색이 되고자 합니다. KT에 입사 후 30년, 잘못된 노사관계의 관행을 없애려 나름 동지들과 힘을 합했습니다.

그렇지만 뒤돌아보면 답보 내지, 뒷걸음칠 된 것이 더 많음이 때론 절망케 합니다. 노무현 순례길에서 또다시 희망을 얘기하고 싶습니다.

김성춘, 2019. 5. 2

▲Photo by 송민준

▲Photo by 조인태

▲Photo by 조인태

3구간 후기, 임미화

보통사람의 순례길 참여 후기입니다. 먼저 4구간 주자 양희웅 님께 감사드립니다. 페이스북 친구인 양희웅님 글을 보고 따라갔다가 신청하게 됐고, 결국 서울길 3구간 완주했습니다.

▲Photo by 송민준

제목의 보통사람이란, 저처럼 보통으로 평범하게 노무현 대통령님을 좋아하는 3구간 참가자는 없었기에 붙인 것입니다. 저 빼고 다들 대통령님을 너무도 그리워하며 오래전부터 열심히 좋아하셨던, 봉하마을도 다들 가보셨던, 말 그대로 열성적인 분들이셨습니다.

그랬기에 그분들은 순례길 참여도 시간이 되면 당연한 거였구요. 게다가 우리 3구간 참가자들은 특별하게도 영화감독님, 카메라감독님, 피디님, 작가 선생님(『노무현순례길』 저자) 등 평소 제가 동경하던 직업을 갖고 계신 분들이 많이 모여 계시더라구요.

3기 대장님 이하 다른 팀원분들도 모두 모두 만나 뵙게 되어 너무너무 반가웠고 영광이었습니다. 식상한 표현 같지만 안 쓸 수가 없는 진심 속마음입니다.

솔직히 나만 너무, 직업적으로, 소시민인가 하는 생각에 좀 그랬었는데 뭐 씩씩하게, 기분 좋게 그리고 "나도 노무현 대통령님을 위해 드디어 뭔가 하나라도 하고 있구나!"라는 자부심으로, 흥분된 맘으로 금정역에서 3구간을 출발했습니다.

길을 걷다 보니 "내가 정말 보통 사람이구나!"를 느낀 건 함께 한 팀원분들의 노무현 대통령님을 향한 절절한 사랑 때문이었습니다. 전 지금껏 반백 년 넘게 살아오면서 평생을 김대중, 노무현, 문재인, 세 분 대통령님을 좋아하고 존경했지만 그렇다고 그것 때문에 특별하게 뭔가를 해본 적은 없었거든요.

▶Photo by 송민준

최근에서야 당원 가입한 게 정치적 의사 표현의 전부였어요. 물론 많은 사람들이 거리로 나왔던, 노무현 대통령님 탄핵 반대 집회 때나 박근혜 대통령 탄핵 촉구 집회 때 군중의 한 사람으로 참여하기도 했었지만 딱 거기까지였습니다.

전 그랬었는데 함께 한 팀원분들은 아니었습니다. 진짜 예전부터 노무현 대통령님을 좋아했던, 좋아한 만큼 열심히 표현했었고, 그만큼 아픔도 사랑도 큰 분들이셨던 거죠. 아마도 순례길을 따라 걷는 거의 모든 분들의 모습일 겁니다.

그분들과 이런저런 소소한 얘기들을 많이 나눴습니다. 앞으로 또 어디선가 만날 수도 아닐 수도 있겠지만 함께해서 진정 즐거웠고 고마웠습니다. 끝으로, 마지막까지 모든 주자 분들 사고 없이 무탈하길 기원합니다.

임미화, 2019. 5. 4

3구간 후기, 조인태

오늘 서울길 3구간은 금정역 → 군포 → 당정 → 의왕 → 성균관대역 → 화서역 → 수원역 → 세류역 → 병점역까지였습니다. 먼저 금정역을 출발해 군포역을 지나 당정역에서 잠시 휴식 후, 의왕역을 향해 출발했습니다. 모든 분들이 활기차고 행복한 걸음으로 걸었습니다.

▶Photo by 조인태

의왕역에서 잠시 휴식했습니다. 의왕역으로 오는 길은 터널을 건너서 오는 어려운 길입니다.

▲Photo by 조인태

성균관대역에서 작년에 점심 식사했던 곳에서 맛난 점심 식사를 하고, 잠시 휴식 후 출발했습니다.

▲Photo by 조인태

화서역을 지나 수원역에서 박사모의 집회 관계로 수원역은 그냥 지나가고, 잠시 공원에서 휴식을 취하고, 세류역을 향해 갔습니다.

▲Photo by 조인태

마침내 종착지인 병점역에 도착했습니다. 함께하신 모든 분들께 수고하셨다는 말씀드립니다.

조인태, 2019. 5. 3

▲Photo by 조인태

3구간 후기, 민경철

3구간 멤버들 식사 마치고, 아쉬움에 커피 한잔하러 왔습니다. 매일매일 즐거운 하루입니다.

민경철, 2019. 5. 3

▲Photo by 민경철

제1마디

몬근두

4구간

2019년 5월 4일

노무현 순례길 제3기, 4구간 포스터

서울길 4구간 공식 포스터는 아래와 같다.

▲Photo by 사무국

4구간 대장 & 주자, 양희웅

지제에서 두정까지, 노무현 순례길 제2기, 서울길 5구간 26km를 걸었습니다. 힘든 한 걸음 한 걸음이었지만, 노무현 대통령님께 가는 길이라 생각하며 한 발 한 발 내딛었습니다.

함께 하는 분들과 서로 의지하며 다독거려주며... 지나가는 차에서 힘내라는 응원의 목소리와 경적 소리를 듣기도 하였습니다.

비록 우연한 기회에 참여하게 되었지만, 노무현 순례길 제2기를 마치고 나서의 뿌듯함은 이루 말할 수 없을 정도였습니다.

▲Photo by 송민준

다음에도 꼭 참석하겠다는 다짐을 하였고, 올해도 그 약속을 지키기 위해 참가합니다. 올해는 노무현 대통령님께서 서거하신 지 10년이 되는 해입니다.

10년 동안의 그리움과 죄스러움을 안고 한발 한발 내딛겠습니다.
노무현 대통령님께서 남기신 말씀 하나하나 되새기며 걷겠습니다.

사람 사는 세상을 기억하고 가슴에 새기겠습니다. 동지들과 함께 하기에 올해도 무사히 완주하리라 믿습니다. 그리고, 내년에도 그다음 해에도 저는 그 길을 또 걷겠습니다. 내 마음속 영원한 대통령 노무현의 사람들과 함께….

양희웅, 2019. 4. 19

▲Photo by 이성진

4구간 주자, 홍가혜

안녕하세요. 4구간 주자를 맡게 된 '홍가혜' 라고 합니다. 노무현 순례길, 국토대장정에 함께 할 수 있음에도 감사한데, 태어난 지 12개월 된 저희 딸과 함께 길라잡이인 주자를 맡게 되어 영광스러운 마음이 드는 한편, 떨리기도 하고 걱정도 앞섭니다. 물론 기우겠지요!!

노무현 전 대통령께서 하신 말씀들을 기억합니다. "과거를 멀리까지 볼 수 있어야 미래를 개척할 수 있다." 노무현 전 대통령께서 남기신 과거는 오늘날의 저의 삶을 지탱시켰고 내일의 제 아이의 미래를 지탱시킬 것이라 믿고 있습니다.

그래서 이 걸음의 순간이 가볍지만은 않을 것입니다. 한 걸음 한 걸음 무겁게 내디디며 기억하는 이 순례길이 될 것 같습니다.

저는 평범한 소시민이었다가 한순간에 국가폭력 피해자가 되고 나서 노

▲Photo by 이성진

무현 전 대통령을 절절히 생각했습니다. 그가 검찰과 언론에 의해 받았을 고통의 시간은 남의 것이 아니었습니다. 그래서 아팠고 죄송했고, 저는 그를 기억하며 포기하지 않을 수 있었습니다.

그 결과 검찰과의 싸움이었던 해경 명예훼손 혐의 재판에서 무죄를 확정받았고 언론을 상대로 한 소송에서 전부 승소했으며, 특히 조선일보 상대로는, 개인이 언론에게 건 소송 역사상 최고 금액인 6천만 원을 판결받기도 하였습니다.

세월호 투쟁을 하며 참 많이 걷고 걸었습니다. 걷는다는 것은 단순히 목표지점을 도착하기 위해서가 아니라 '스스로의 마음을 닦고 걷어내며 다짐하고 기억한다는 의미'라는 것을 잘 알고 있습니다. 무엇을 다짐해야 하며 기억해야 하는지 이 길에서 만날 깨시민 분들과 노란 물결 일으키며 함께 생각하고 싶습니다. 감사합니다.

홍가혜, 2019. 4. 19

4구간 주자, 이상준

대통령님께서 서거하신 지 10주기 순례길을 참여하면 무엇을 위해 걸을까를 곰곰이 생각해 봤습니다. 그리곤 이내 노무현 대통령님의 남북평화, 북핵 문제, 통일이 생각났습니다.

요즘 우리나라에서 가장 큰 화두와 과제는 남북문제인 거 같습니다. 예전 연설도 다시 들어보고요. 처음 육로로 38선의 상징인 노란 선을 한 발짝 뛰어 넘어가시는 장면도 생각납니다.

아! 개성공단도 생각나네요. 평화와 민족 번영을 위한 남북 공동 어로수역도 생각납니다. 이건 현 정부에서 이뤄냈네요. 그때와 비교하면 상상하지 못했던 많은 일이 일어났는데, 아이러니라고 할까요. 더 큰 성과를 희망하고 있다는 게요. 평화는 무엇과 비교해도 바꿀 수 없는 값진 거라서 그런 걸까요. 한반도 비핵화, 종전, 평화 문제는 매우 어렵고 지난한 과정이겠지요.

평화라는 건 하루아침에 일어나는 게 아니고 70년 적대관계도 하루아침에 끝나는 게 아니기에 평화와 번영을 위한 힘겨운 과정이 때론 우리 마음에 안 들 수도 있고 지루할 수도 있겠죠.

이상준, 2019. 4. 22

4구간 후기, 양희웅

병점역에서 9시 40분에 출발하였습니다. 노무현 순례길 파이팅!!

▲Photo by 양희웅

10시 25분에 세마역에 도착하였습니다.

▲Photo by 양희웅

오산대역 도착!!! 11시40분!!!

식사후 오산역 2시 도착!!

진위역 3시 25분 도착!!

송탄역 5시 도착!!!

서정리역 5시 50분 도착!!

지제역 7시 20분 도착!!

4구간 후기, 홍가혜

12개월 아기와의 순례길은 상상했던 것보다는 괜찮았고, 생각했던 것보다 힘들었어요. 서울에 거주하고 있는 저희 모녀는, 오늘 아침 일찍 출발해, 오는 것은 무리라고 판단하여 동탄에 있는 호텔에 묵고 아침에 달려갔습니다.

호기롭게 출발했고 걷는 것도 생각보다 괜찮았지만 미세먼지와, 초미세먼지가 너무 심해 아기가 병이 나면 어쩌나 다들 걱정하시고 저도 걱정되어, 결국 중간에 멈춰 섰습니다.

오늘 완주하고 뒤풀이 참여도 하고 쉬고 가려고 내일까지 호텔 잡아둔 김에, 호텔로 돌아와 사진 몇 장 찍어주는데 티셔츠가 정말 예쁘네요!!

저희 아기가 입은 티셔츠는 85사이즈이고 다소 크긴 하지만 긴 원피스처

럼 예쁘게 잘 맞았
어요. 혹여 고민하
시고 계실 아가 엄
마 계시면 저희 아
기 입은 느낌 보시고
구매하시면 좋을 거
같아요. 평소 베이비
사이즈 90 입는 아
기예요.

▲Photo by 홍가혜

그리고 오늘 처음 출발하던 순간부터 끝날 때까지 먼저 다가와 저희 아기
기저귀 가방 들어주시고, 아기 예뻐해 주신 4구간 참여자분들께 정말 감
사드려요. 내년엔 일찍이 신청해 서울 구간에서 유모차 밀며 참여하는 것
으로 하겠습니다. 아무튼 정말 큰 추억 하나 더해졌습니다. 고맙습니다.
4구간 참여자분들 부상 없이 완주하시길 바랍니다.

홍가혜, 2019. 5. 4

제1마디

5구간

2019년 5월 5일

노무현 순례길 제3기, 5구간 포스터

서울길 5구간 공식 포스터는 아래와 같다.

▲Photo by 사무국

5구간 대장, 방향숙

▲Photo by 송민준

▲Photo by 함도현

5구간 주자, 유은하

안녕하세요. 서울길 5구간 주자 유은하입니다.

가끔 자전거 타고 가끔 사진도 찍고 가끔 그림도 그리지만 노무현 순례 길은 처음 접해 봅니다.

낯설고 또 잘 해낼 수 있을까 하고 걱정도 되지만, 최선을 다해 보려고 합니다. 이 길을 걸으면서 또 다른 세상을 접할 수 있는 기회가 되길 바랍니다.

유은하, 2019. 5. 2

▲Photo by 유은하

▲Photo by 함도현

▲Photo by 송민준

5구간 주자, 안진걸

다들 안녕하세요. 2019 깨어있는 시민들의 릴레이 국토대장정에 저도 참여하게 되어서 참 기쁘고 고맙습니다. 5구간 주자 안진걸이라고 합니다. 저는 이번이 첫 참가여서 더 떨리고 설레기만 합니다.

노무현 전 대통령님!! 10년 전 그분이 서거했을 때 식구들과 지인들과 함께 얼마나 많이 울었는지 모릅니다. 물론, 시민단체에서 일할 때 어떤 정책들에 대해서는 비판도 하고 수정·보완을 당부하는 일도 있었지만, 그

럼에도 노무현 님 평생에 걸친 그 아름답고도 멋진 삶과 인간적이고 매력적인 정치에 대해서는 관심과 응원, 존경을 잃어본 적은 없었던 것 같습니다.

특히, 이명박-박근혜 정권의 극악무도한 국정운영과 시민사회 탄압, 그리고 민주주의, 민생, 인권 유린과 한반도 긴장 고조라는 파괴적이고 폭력적인 정치를 온몸으로 경험하면서 더더욱 노무현 전 대통령님이 생각나고 그립고, 간절했던 기억들도 생생합니다.

4.26일에는 5.1일 노동절을 맞이해서 제가 일하는 tbs tv 티비민생연구소 제작진들과 함께 전태일 동상과 전태일 다리, 전태일 열사 분신 항거 터, 청계피복노조 옛 사무실 등을 찾아 순례를 하고 왔습니다. 전태일 열사 동상이 만들어진 것이 2005년 노무현 정부 때의 일이어서, 또 한번 노무현 전 대통령님을 떠올려 봤습니다. 전태일 열사 동상 건너편 인도에, 노무현 전 대령님의 성함이 직접 들어가 있는 "전태일 열사 추모 바닥 동판" 도 보게 되어 얼마나 반가웠는지 모릅니다.

노무현 전 대통령님 서거 10주기에 도보 순례에 참여를 결정하면서, 다시 한번 노무현 전 대통령님이 좋아하셨던 '사람 사는 세상' 이라는 구호를 곰곰이 생각해봤습니다. 우리 국민들이, 특히 보통의 서민들이 가장 염원하는 것이 바로 사람 사는 세상, 함께 사는 세상이 아닐

◀Photo by 함도현

까 생각해봅니다. 우리 모두가 그 분을 진하게, 찡하게 추모하면서도 동시에 그 분이 우리에게 남긴 과제, '사람 사는 세상, 반듯하고 좋은 나라, 따뜻하고 휴머니즘 넘치는 사회'를 만들어 가는데 앞으로도 어떤 식으로든 함께 하면 좋겠네요.

노무현 전 대통령님도 깨어있는 시민들의 힘이 세상을 바꾼다고 하셨죠. 지금 이 순간, 우리가 서 있는 곳곳에서 살기 좋은 세상, 더 반듯한 나라, 더 좋은 사회를 위해 함께 고민하고, 함께 참여하고, 함께 실천하면 참 좋겠습니다. 이번 순례를 준비하고 있는 깨시국의 모든 일꾼 여러분께 깊은 감사의 마음 올립니다. 건강하게 함께 순례하고, 건강하게 함께 잘 걸어보겠습니다.

안진걸, 2019. 4. 27

▲Photo by 송민준

5구간 주자, 최병윤

노무현 순례길, 3기 5구간 주자 최병윤입니다. 뜻깊은 자리에 함께하게 되어 영광입니다.

오늘 아침엔 그동안 활짝 피었던 벚꽃이 눈송이처럼 날리네요. 당신을 만나러 가는 5월엔 예쁜 꽃들이 더욱더 흐드러지게 피겠지요. 기쁜 맘으로 첫걸음을 내딛습니다.

당신이 지난날 걸었던 힘겨웠던 그 길이, 우리에게는 이제 소풍길이 되어 손에 손잡고 봉하로 당신을 만나러 갑니다.

'노무현 순례길', 이 길은 우리의 미래이고 희망입니다. 오래도록 우리 맘속에 기억되고 매년 새롭게 진화할 거라 믿습니다.

내가 걷고, 네가 걷고, 우리가 걷는 이 길, 이 만남이 누군가의 땀방울을

▲Photo by 송민준

닦아주고, 또 다른 누군가의 눈물을 닦아주는 '함께 사는 세상', '사람 사는 세상'이 되었으면 좋겠습니다.

당신이 우리에게 내민 그 마음, 절대 잊지 않겠습니다. 이제 또다시 1년, 봉하로 가는 노란 물결이 일렁이기 시작했습니다. 깨어있는 시민 여러분, 함께 갑시다!!

최병윤, 2019. 4. 23

▲Photo by 함도현

5구간 주자, 최광운

안녕하세요. 이번 순례길 5구간 주자를 맡게 된 천안을 기반으로 도시재생 미디어 크리에이터(전문가)로 활동하고 있는 최광운이라고 합니다.

▲Photo by 함도현

먼저 이렇게 소중한 순례길에 함께 참여할 수 있음에 행복함과 감사함을 표합니다.

10년이 되어갑니다. 20대 중반의 청년이었던 저는 이제 30대 중반이 되었습니다. 그 과정 속에 참 많은 것들이 변했고, 참 많은 일들이 우리 삶 속에 있었습니다. 그 과정 속에서 더욱더 많이 제 기억 속에 남아 계신 노무현 대통령님!!

최광운
도시재생큐레이터

대한민국 1호 도시재생 콘텐츠 큐레이터로 청년협동조합 천안청년들 이사장과 도시재생활동가네트워크 사무국장으로 활동하고 있다. 코워킹스페이스 '공간천안' 대표, Airbnb 스페이스 '오복슈퍼_상친모' 대표, 천안에 '오빠네게스트하우스' 대표를 맡고 있다.

사실 전 대통령님과 개인적인 관계가 있지는 않습니다. 그러나 개인적으로 그분의 삶이 저의 삶과 연계가 되길 항상 희망합니다.

때론 지역에서 지역을 바꾸는 일이 바보, 가능하지 않은 것처럼 인식되고 때론 미친놈이라고 불려질 때도 있지만 그 일들이 지속성을 가지면 결국 지역의 영향을 미친 결과를 만들어낼 수 있음을 잘 알고 있습니다.

항상 국민들이 원하는 나라의 모습을 누구보다 잘 이해하고 알고 계셨으며, 국민을 위한 나라를 만들기 위해 노력해주셨던 노무현 대통령님!!

바보, 노무현!! 누가 과연 바보라고 불려지는 것을 원하겠습니까? 그러나 그분과 함께 하는 나라를 위한 바보라면 그 길을 함께 가보고 싶습니다.

지역의 청년인 저도 작은 동네, 작은 지역을 바꾸며 노무현 대통령님처럼 역사들을 하나하나 함께 만들어 가보길 이번 기회를 통해서 다시금 다짐해봅니다.

이번 순례길 참여를 통해서, 대통령님이 걸어오신 길을 다시 한번 생각하며, 또 다른 노무현의 길을 어떻게 만들어 갈 수 있을까 생각을 해볼 계획입니다. 미래의 희망, 청년분들께서도 참여하시길 추천드립니다. 다시 한번 소중한 역사적인 자리에 함께 할 수 있음에 감사드립니다.

대한민국 제1호 도시재생 전문 크리에이터 최광운.

최광운, 2019. 4. 22

▶Photo by 함도현

5구간 주자, 최윤정

반갑습니다! 노무현 순례길 국토대장정 5구간 주자를 맡은 최윤정(다비치)입니다.

노무현 대통령께서 소천하신지 벌써 10년이 지났네요. 하지만 그분은 우리 마음을 깨우고 밝히는 한 줄기 등불로 우리와 늘 함께 하신다 생각합니다.

노무현 대통령님을 사랑하고 그리워하는 분들이 함께 모여서 그분의 유훈을 헤아리고 새기며 다짐하는 순례길에 참여하게 됨을 영광으로 생각합니다.

▼▶Photo by 함도현

이번 순례길에서 저는 노무현 대통령의 유훈이셨고, 문재인 대통령의 깊은 바람이신 '공수처 설치'를 외치며 순례길을 걷고자 합니다. 많은 분들의 관심과 동참 가운데 '제대로 된 공수처 설치'가 꼭 이뤄지길 소원합니다.

최윤정, 2019. 4. 25

5구간 응원, 오흥국

노무현 순례길 제3기에 참여해 주시는 개인, 단체 깨시민께 다시 한번 감사드립니다. 벌써 4일 차, 90여 키로를 걸으셨네요

노무현 순례길 제1기, 제2기를 지나 제3기가 되어 더 많은 다양한 사람과 다양한 단체가 참여하고 있습니다. 앞으로도 더 다양한 개인과 단체가 참여할 것이라고 예상하고 있습니다.

모두 다 노무현이 좋아서 노무현 정신이 좋아서 선의의 마음으로 참가하고 있지요.

깨시국에는 너무나 감사한 일입니다. 앞으로도 우리 모두는 더 포용하는 생각과 자세로 이 순례길이 더 많은 사람과 단체가 융합하여 참여할 수 있도록 열린 자세로 임해 평양에서 휴전선을 넘어 봉하 마을까지 가는 꿈을 꾸었으면 합니다.

오흥국, 2019. 5. 4

▼Photo by 함도현

5구간 참가, 이성진

"얼마 받고 하는 겁니까?" 어제 4구간 행진에, 한 행인이 우리들에게 내뱉은 독설이다.

▲Photo by 이성진

모두가 괘심해 하고 분노했지만, 어쩌면 길들여진 안일한 질문일지도 모르겠다. 속이는 권력에 시민이 깨어있지 않으면, 만들어진 노예가 된다. "하루만 할 거냐? 하루 더 참여할 거냐?" 평택 찜질방에서의 1박을 마치고, 망설이다가 5구간도 참여하기로 했다!!

이성진, 2019. 5. 5

5구간 후기, 유은하

광화문부터 봉하까지 전 구간을 순례하시는 분, 자랑스럽고 존경합니다.
저도 님처럼 살아가고 싶습니다.

▲Photo by 유은하

노란 풍선을 살랑살랑 흔들며 가볍게 걸어가시는 순례자분들!!
뒤에서 보기만
해도 힘이 났
습니다.

▲Photo by 유은하

인도가 없는, 차량이 쌩쌩 달리는 길도 같이 있어서 무섭지 않았고,

▲Photo by 유은하

밝은 웃음으로 여기저기 챙겨 주시는 순례자님들 덕분에 즐거웠습니다.

◀Photo by 유은하

우리들을 에스코트해주시는 두 대의 차량 덕분에 우쭐해지기도 했고, 맘 편히 순례를 마칠 수 있었습니다.

▲Photo by 유은하

우리 함께 봉하 가는 길, 비록 한 구간만 참가하고 오늘 이렇게 뻗어 버렸지만 정말 감동이었고 다른 좋은 세상을 보게 되었습니다.

▲Photo by 유은하

누군가 이 멋진 우리들을 보고, 이 멋진 세상에 참여하길 바랍니다!!

유은하, 2019. 5. 5

▲Photo by 유은하

제2마디

6구간

제2마디 대장, 이태주

노무현 순례길 제3기, 제2마디 대장은 이태주였다. 마대장으로서의 그의
마음가짐을 들어보기로 한다.

안녕하세요, 깨어있는 시민 이태주 인사 올립니다. 이번 순례길에 제2마
디 마대장으로 추천해 주셔서 대단히 감사하며 제가 할 수 있는 일, 사양
없이 열심히 하겠습니다.

이번 순례길은 순례자들이 많이 동참하기를 바라며 구간 구간 완주도 중요하지만 구간 구간을 잘 즐길 수 있는 축제였으면 합니다.

이번 순례길 아무 일 없이 무사히 잘 마칠 수 있도록 신경 쓰고 서로 협력할 수 있도록 열심히 하겠습니다. 감사합니다.[7]

이태주, 2019. 4. 1

▶Photo by 오건호

---

7) 위 그림은 서울길 1구간, 광화문광장에서 찍은 사진이다.

2019년 5월 6일

노무현 순례길 제3기, 6구간 포스터

노무현 순례길 제3기, 서울길 6구간은 두정역에서 전의역까지이고, 공식
포스터는 아래와 같았다.

▲Photo by 사무국

6구간 대장, 김영숙

노무현 순례길 제3기, 서울길 6구간의 대장은 김영숙이었다. 그녀의 출사표는 아래와 같다.

노무현 순례길 제3기, 서울길 6구간 대장을 맡은 김영숙입니다. 서울 6길은 두정에서 전의까지입니다.

노무현 대통령 당선되던 날 천안 버스터미널 광장에서 즐거운 춤을 추던 일, 노무현 대통령 서거하시고 광화문 노제에서 통렬하던 날, 작년 순례 길 비 맞으며 지난날을 그리며 걷던 날!! 이 모든 일이 가슴으로 다가오는 오월입니다.

사람 사는 세상을 꿈꾸는 일, 우리는 멈추지 않습니다. 서로의 삶에서 기대주고 찾아주는 깨어있는 시민들과 함께 걷고 싶습니다. 번영과 발전이, 경제뿐 아니라 문화와 인간관계도 나아져야 하는데 더 힘들게 느껴지는 것은 왜일까요?

우리가 이전보다 더 나은 세상에 살고 있는 것이 맞는가요? 자문하면서 동행하고자 합니다. 깨어 있는 시민들의 밀알이 세상을 움직인다는 믿음을 갖고, 지난해 함께 하셨던 동지들을 초대합니다. 더불어 함께 해주실

◀Photo by 송민준

▲Photo by 송민준

분들도 모시고 오시면 더 좋겠습니다. 두정역 앞에서 뵙겠습니다.

김영숙, 2019. 4. 26

6구간 주자, 허병우

노무현 순례길 제3기, 서울길 6구간 주자로 함께 하게 된 예비역 육군 대령 허병우입니다. 2019년 5월 6일 두정역에서 전의까지 여러분들과 함께 하고자 합니다.

이 지역 근처에 계신 분들과 관심 있는 많은 분들의 참여를 부탁드립니다. 우리 모두 힘을 합쳐 다 같이 잘 사는 사회를 만들어 가는 여정을 함께하게 되어 벌써부터 즐겁고 신나는 마음입니다.

저는 이번 여정 속에서 대한민국의 모든 국민들이 반칙 없이 누구나 노력한 만큼 상응하는 보답을 받아 모두가 행복한 나라에서 평화롭게 살 수 있는 나라를 만들어 가길 기대하면서 기도하면서 걸어볼 예정입니다.

우리 모두가 바라고 꿈꾸는 일이 이번 여정을 통해서 이뤄지도록 간절히 바라는 마음으로 참여하려 합니다.

"그 시작은 미약했으나 끝은 창대하리라"라는 성경 말씀을 믿고 우리들의 작은 정성이 이 사회를 밝고 건강하게 발전시킬 수 있는 위대한 출발이 될 것이라고 확신합니다.

따뜻한 봄날, 우리 위대한 대한민국의 발전을 위해 저의 작은 노력을 기부합니다. 5월 6일 9시 두정역에서 뵙겠습니다. 감사합니다.

허병우, 2019. 4. 24

▲Photo by 송민준

6구간 주자, 신성철

먹고살기 어렵다는 핑계로 무심하게 지내다 이번 여정에 동참합니다.

그에게 가지고 있는 늘 미안한 마음이 있습니다. 처음으로 '지지(支持)'
라는 말이 갖는 무거움에 대해 생각했습니다. 환호하고 표를 던지는 것이

갖는 책임감이 생각보다 컸습니다.

걸출한 인물인 그도 성공보다는 실패를 많이 했습니다. 에이브러햄 링컨 같은 인물도 마찬가지입니다. 인간은 그렇게 살아가야만 합니다. 실패하고 돌아서지만 다시 시작하던 그를 늘 마음속에 새기려고 합니다.

보통사람 노무현이 임기를 마치고 봉하로 향하던 날을 기억합니다. 그 어떤 날보다 홀가분하고 가벼운 발걸음이었을 것입니다. 그날의 그의 기분과 발걸음의 무게를 생각하며 걷겠습니다.

신성철, 2019. 4. 24

▲Photo by 오건호[8]

▲Photo by 송민준

---

8) 위 그림은 서울길 1구간에서 찍은 사진이다.

6구간 주자, 배소연

항상 5월이면 노무현 대통령님이 생각나는, 저는 행복합니다. 자주 유트 브 방송 등을 듣고 또 듣고, 눈물을 흘리고 또 흘리고, 그분의 철학에 다 시 감동하고, 또 감동하고...그분의 노래를 따라 부르고, 또 부르고...

작년 처음 자발적으로 참여한 2기 때는, 딸 아이와 함께 걸으면서, 엄마

는 '정치인은 이랬으면 좋겠어~'라며, 故 노짱님의 사례들을 얘기했던 기억이 납니다.

정치인을 처음, 마음 깊숙이 품을 수 있었던 분! 그분으로 인해, 내 삶에 많은 변화의 동기가 되었던 분! 내 마음속의 별인 노짱님을 기억하고, 만나기 위해 올해 6구간 주자를 맡은 아산시민 배소연입니다.

서거 10주년을 맞이하면서, 계속 그리움과 아픔으로 남아 있지 않고 깨어 있는 시민으로 그분의 철학과 가치를 계승하고, 발전시키는 밀알의 역할이 되고 싶다는 각오를 하게 되는 지금입니다.

운동화도 하나 장만하고, 노짱님의 연설과 노래도 다운로드 받고, 내 인생의 또 하나의 추억을 만들고, 완주할 수 있도록 잘 준비하겠습니다.

▲Photo by 송민준

노짱님을 뵈러 가는 발걸음이 가벼울 듯합니다. 자발적으로 만들어지는 '깨어있는 시민의 힘'이 어떤 세상을 바꾸어주는지 저의 딸과 아들에게 보여주고 싶습니다. 노짱님을 함께 뵈러 가는 '노무현 순례길'에 많은 분들이 함께해 주셨으면 합니다.

배소연, 2019. 4. 25

▲Photo by 송민준

다구간 주자, 안덕한

처음 시작할 때는 그렇게 큰 의미를 두지 않고, 올해는 그분의 그림자를 한번 느껴 보자고 시작한 순례 행진이었다.

그런데 날이 가고 많은 사람을 접하다 보니 그분의 숭고한 정신을 이사회에 전파해야 한다는, '사람 사는 세상, 사회적 약자가 소외되지 않는 세상'을 만드는 데 동참해야겠다는 마음 다짐을 하게 되었다.

안덕한, 2019. 5. 6

▲Photo by 송민준

▲Photo by 송민준

제2마디

7구간

노무현 순례길 제3기, 7구간 포스터

노무현 순례길 제3기, 서울길 7구간은 전의역에서 조치원역까지였고, 공식 포스터는 아래와 같았다.

▲Photo by 사무국

7구간 대장, 최영

노무현 순례길 제3기, 서울길 7구간의 대장은 최영이었다.

▲Photo by 송민준

7구간 주자, 정년옥

무식한 촌할매지만 사람 사는 세상을 꿈꾸는 이들과 더불어 살고파 짧은
구간이나마 함께 하고자 호미 자루 내던지고 합류하겠습니다
.

정년옥, 2019. 5. 3

▲Photo by 송민준

▲Photo by 송민준

▲Photo by 송민준

7구간 주자, 한은주

기억하시나요? 궁금하셨나요? 노무현 순례길 제2기, 서울길 7구간에서 인연이 된 풍산개 세 마리 강아지들!! 춘영씨네, 리원씨네 그리고 저희 집으로 온 봄이!!

▲Photo by 한은주

밖에서 키워야 하는 풍산개지만, 집안에서 상전으로 잘 크고 있습니다. 가끔 물어서 얄밉기도 하지만 때론 애교도 피워서 가족들에게 웃음을 주곤하지요.

노무현 순례길의 인연, 순례자와의 인연, 봄이와의 인연, 7구간 순례자와의 인연!! 노짱이 그리워 노무현 순례길 제3기 순례자분들과 함께 걷겠습니다.

한은주, 2019. 5. 4

▲Photo by 오건호[9]

▲Photo by 송민준

9) 위 사진은 서울길 1구간에서 찍은 사진이다.

▲Photo by 송민준

7구간 후기, 이태주

7구간 마감하면서 어설프게 대장 노릇하다 참가하신 형님, 누님들에게 민폐가 되지는 않았는지 걱정스럽기도 하고, 외부인들의 뜬금없는 질문에 대답은 잘했는지, 걷는 중 불편하신 분 제대로 보살펴지는 않았는지 등등 무엇이든 잘못하고 있는 건 아닌지 걱정되는 시간입니다.

▲Photo by 이태주

오늘은 순례자 7명과 스탭 3명 그리고 출발과 동시에 슬그머니 붙으신 또 한 분이 함께했습니다.

오늘 순례자가 많지 않다는 소식을 접하고 참가했다는 말에 그저 감사할 뿐입니다. 사진을 무척 싫어해서 그냥 '신비주의'라고 불러 달라고 했습니다.

그리고 오늘 구간 대장님 첫차를 곱게 보내고 다음 열차를 타고 지각하신 성남에 사시는 분, 프라이버시 때문에 본명은 안 밝히지만, 어제 너무 힘드셨는지 오늘은 다 걷지 않겠다고 하시며 점심을 사주셨습니다. 감사합니다. 가끔씩 지각해주시길 바랍니다.

하얀나비님!! 힘들어도 묵묵히 괜찮다고 하시며 구간 완주해주시고 간식도 푸짐하게 챙겨주셔서 감사했습니다. 오늘도 감사했던 날이네요!! 내일을 위해 편히 주무시길 빌며 줄입니다.

이태주, 2019. 5. 7

제2마디

8구간

2019년 5월 8일

노무현 순례길 제3기, 8구간 포스터

서울길 8구간 공식 포스터는 아래와 같다.

▲Photo by 사무국

8구간 지도정보

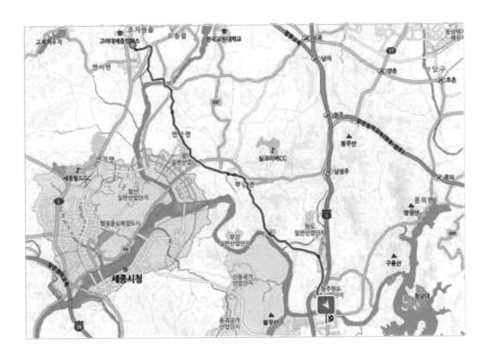

거리	26.8 km	소요 시간	8h 5m 26s
이동 시간	6h 7m 7s	휴식 시간	1h 58m 19s
평균 속도	4.4 km/h	최고점	450 m
총 획득고도	842 m	난이도	매우 쉬움

8구간 주자, 임재란

2017년 5월, 네이버 밴드 '깨시국'에서 만난 노무현 순례길!! 순간 아무
것도 가리지 않고 무작정 신청서를 냈더랬습니다.

10년 전 그분을 잃어버리고 분함과 먹먹함을 가슴에 지니고, 늘 그리워하
며 바뀌는 새해를 맞이했지요.

그리움은 날이 갈수록 더해가고, 2017년 5월 8일 첫 발걸음을 내디디며 묵묵히 그분만을 생각하며 걸었습니다.

3번째 맞이하는 걸음, 그분과 만나는 설레는 날, 이번 순례길도 콧노래를 흥얼거리며 노란 나비와 눈 맞춤 할 거예요.

임재란, 2019. 5. 3

▲Photo by 서영석

▲Photo by 송민준

▲Photo by 송민준

8구간 주자, 서영석

내 마음속의 대통령님!!

너무나 보고 싶습니다.[10]

---

10) 서영석은 사진작가이다.

봉하 가는 길!!

깨어있고자 하는 시민들과 함께 한 걸음 한 걸음 걷습니다.

▲Photo by 서영석

국토균형발전을 위해

직접 계획하신 세종시에서
그 길을 걷습니다.

나 혼자가 아닌
사람 사는 세상의 꿈을 꾸면서….

서영석, 2019. 5. 3

▲Photo by 서영석

8구간 주자, 이용구

깨어있는 시민의 한 사람으로서

촛불혁명으로 탄생한
문재인정부의 성공을 기원하며

노무현 순례길을
함께하게 되었습니다.

님이 꿈꾸던 신행정수도
국가 균형발전의 핵심지인
세종시!!

▲Photo by 서영석

비단강인 금강길 따라
님을 가슴에 품고 떠나는
봉하 가는 길!!

사랑하는 동지들과 함께
하고 싶습니다.

사람 사는 세상
5월은 노무현입니다!!

님이 그립습니다
내 가슴에, 영원한 노무현!!

이용구, 2019. 5. 3

▲Photo by 서영석

8구간 사진 후기, 서영석

조치원역 출발합니다.

내판역에 도착했습니다. 부강역으로 고고!!

부강역에 도착했습니다.

제2마디

9구간

2019년 5월 9일

노무현 순례길 제3기, 9구간 포스터

서울길 9구간 공식 포스터는 아래와 같다.

▲Photo by 사무국

9구간 대장, 조연길

노무현 순례길 제3기, 서울길 9구간 대장은 조연길 순례자와 김홍태 순례자였다. 조연길 순례자의 출사표는 아래와 같다.

노무현 순례길 제3기 서울길 9구간 대장을 맡은 조연길 행정사입니다.

▲Photo by 송민준

5월은 노무현입니다. 노무현 순례길 제1기 때는 봉하에서, 제2기 때는 서울길 10구간 참가자로, 제3기 때는 서울길 9구간 대장으로 참가합니다.

앞으로 10년 더 참가하는 것이 제 소망입니다. 최고령자로서 서울길 9구간은 우리나라 철도의 역사를 보면서 걷는 구간입니다.

노무현 대통령께서 꿈꿔오시던 유라시아를 달리는 우리의 철도를 꿈꾸며 그 꿈이 실현되기를 바라며, 노무현 순례길 제3기 서울길 9구간을 함께해주실 순례자들과 즐겁게 걷겠습니다. 감사합니다.

조연길, 2019. 4. 23

9구간 대장, 김홍태

노무현 순례길 제3기, 서울길 9구간 대장은 조연길 순례자와 김홍태 순례자였다. 아래 그림은 김홍태 순례자의 포스터이다.

▲Photo by 윤영석

▲Photo by 송민준

9구간 주자, 송지영

봄이 오면 만나자던 그분
홀로 그리 가실 줄 알았다면
막걸리 한 잔으로
위안을 드렸을 텐데….

사람 사는 세상 만들자던 대통령의 큰 뜻, 우리 후배들이 계승해 나가겠습니다.

송지영, 2019. 5. 6

▲Photo by 윤영석

▲Photo by 김기경

▲Photo by 송민준

9구간 주자, 윤기석

노무현의 정치 철학과 가치를 생각하며 걷는 국토순례 대장정, 정의로운 전진은 문재인 정부의 성공과 함께 합니다.

전국 각지에서 참여하시는 모든 분께 건승과 행운이 있기를 기원합니다.

윤기석, 2019. 5. 6

▲Photo by 송민준

▲Photo by 윤영석

▲Photo by 윤영석

9구간 주자, 권혜숙

작년에 참가했던 여운이 찾아오네요.

▲Photo by 윤영석

고향이 안동이라
호적 정리될 뻔했어요

그래도 어김없이 찾아오는 5월

사람 사는 세상이 좋아
또 참가해 봅니다

5월은 노랑 노랑 노무현이 좋아요

권혜숙, 2019. 5. 7

▶Photo by 윤영석

9구간 주자, 김안태

내 꿈은 내 나라가 나라다운 나라가 되는 겁니다.

내 자녀들이 상식이 통하고, 꿈이 이루어지고, 삶을 자기답게 살아가는 그런 나라에 살게 하고 싶습니다. 그래서 오늘 나는 노무현의 길을 따라 걷습니다.

김안태, 2019. 5. 9

▲Photo by 송민준

▲Photo by 윤영석

▲Photo by 윤영석

9구간 주자, 대전 시민의 눈

안녕하세요. 깨어 있는 시민들의 국토대장정에 처음 참가하게 되었습니다. 이번 노무현 순례길 제3기, 서울길 9구간에서 함께할 '대전 시민의 눈' 입니다.

▲Photo by 윤영석

▲Photo by 송민준

너무나 뜻깊고 아름답고 소중한 추억이 될 것 같아 벌써부터 설레는 마음으로 하루하루 날짜를 세고 있습니다.

멋진 깨시민들과 걸을 수 있게 되어 영광입니다. 이틀 뒤 출발하실 서울 길 1구간 주자분들께 마음의 응원을 보냅니다.

매일매일 함께 걷는 깨시민들을 보면서 준비하고 있겠습니다!!
감사합니다.

우은영, 2019. 4. 29

▲Photo by 윤영석

9구간 주자, 더불어 행복한 봉사단

안녕하세요. 5월 9일, 서울길 9구간 신탄진역에서 대전역까지 단체로 참가하는 더행복 봉사단입니다.

저희 봉사단은 항상 깨어있기를 소망하는 분들이 모여 작지만 단단하게 활동하는 봉사단입니다. 지난 4월 13일에는 공동주방 마련을 위해 일일 주점도 했습니다.

5월 9일, 서울길 9구간에서 존경하는 깨시민들과의 만남을 기대해 봅니다.

5월은 노무현입니다. 전라도에서 팥이면 경상도에서도 팥인 세상을 그리며 줄입니다.

더행복 봉사단, 2019. 5. 7

▲Photo by 윤영석

▲Photo by 윤영석

▲Photo by 송민준

윤영석의 사진으로 보는 9구간

▲Photo by 윤영석

▲Photo by 윤영석

모그
는두

10구간

2019년 5월 10일

노무현 순례길 제3기, 10구간 포스터

▲Photo by 사무국

10구간 거리정보

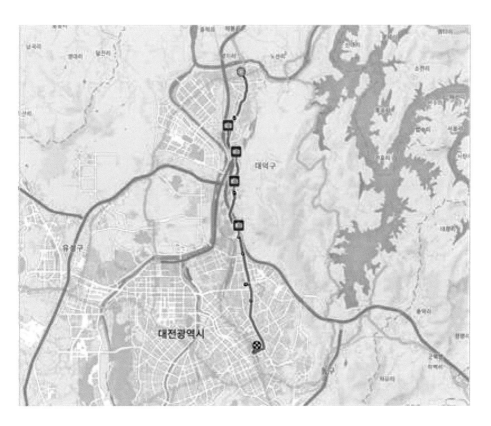

거리	16.4 km	소요 시간	6h 15m 7s
이동 시간	5h 2m 45s	휴식 시간	1h 12m 22s
평균 속도	3.3 km/h	최고점	84 m
총 획득고도	179 m	난이도	보통

10구간 대장, 윤미옥

노무현 순례길 제3기, 서울길 10구간 대장은 윤미옥 순례자였다. 아래 그림은 윤미옥 순례자의 포스터이다.

▲Photo by 윤영석

▶Photo by 윤영석

▲Photo by 윤영석

▲Photo by 윤영석

2019년 7월, 서울길 10구간 대장 윤미옥과 일행 13인은 오스트리아의 짤
즈감마구트에서 위와 왼쪽 아래의 사진을 보내와 유럽 최다 순터의 주인
공이 되었다.

10구간 주자, 윤재은

같음과 다름,

집중과 분산,

중앙과 지역.

5월은 노무현입니다.

저는 故 노무현 대통령 10주기, 노무현 순례길 제3기의 서울길 10구간 주

자인 충남 계룡시 시의원 윤재은입니다.

이렇게 영광스러운 자리에 많은 분들과 함께 할 수 있음에 감사드립니다!!

우리나라는 1991년부터 지방선거가 시작되었고, 노무현 대통령은 1993년에 지방자치연구소를 만들었습니다. 이미 그때부터 노짱 님은 권력을 지역으로 분산해야 한다는 의식이 확고했습니다. 그래야 우리나라의 균형 발전이 이루어진다고 생각했고, 지역감정이 누그러질 것이라고 봤습니다.

노짱 님이 이러한 생각을 하게 된 근원적인 이유는 바로 '차별' 이었다고 생각합니다. 고졸 출신의 변호사가 겪었던 '차별' 의 경험이 그분을 그렇게 이끌었습니다.

21세기는 4차산업혁명과 지방분권의 시대입니다. 4차산업혁명의 핵심인 블록체인 기술도 중앙집권에 저항해서 만들어진 '분산형' 기술입니다.

민주주의는 서로의 차이를 인정하는 다양성을 매우 중요하게 생각합니다. '같음' 의 획일성이 20세기의

▲Photo by 윤영석

유산이라면, '다름'의 다양성은 21세기의 방향입니다.

'분산', '다름', '지역'이라는 3개의 키워드는 앞으로의 미래를 지칭하는 용어가 될 것입니다.

故 노무현 대통령이 걸어가신 길, 그리고 그토록 이루고자 했던 길을 이번 10주기 순례길을 걸으며 다시 돌아보고자 합니다.

함께 걷는 이 길이 우리 모두의 길이 되길 소망해 봅니다.

윤재은, 2019. 5. 3

▲Photo by 윤영석

10구간 주자, 안성은

안녕하세요. 처음 참석하게 되었습니다. 서울길 2마디 10구간 주자 안성
은입니다.

뜻깊은 자리에 함께할 수 있음에 감사드립니다. 지금도 어렵고 멀게만 느
껴지는 정치에, 전혀 관심 없었던 20살, 친구 따라간 곳은 노사모였습니다.

처음엔 호기심이었고 그다음엔 그냥 재미있었고 그다음엔 그분이 좋았습니다. 그분의 소탈한 모습이 좋았습니다. 하지만 그분을 향한 비난이 나를 향하는 듯 느껴지고 너무 아파서 한참을 외면했습니다.

떠나시고 나서야 지켜드릴 수 없었음에 후회하고 그리워합니다. 이름만 들어도 먹먹해지는 그분, 내 마음속에 첫 대통령이었던 그분!!

그분의 순례길을 같은 맘, 같은 생각을 갖고 계시는 많은 분들과 함께할 수 있음에 감사하며, 화창한 5월, 사람 사는 세상에 한 걸음 더 다가갈 수 있길 바랍니다.

안성은, 2019. 5. 4

▶Photo by 윤영석

▲Photo by 윤영석

10구간 후기, 윤재은

노무현 순례길 10구간 이야기!! 함께 걷는 이 길이 우리 모두의 길이었습니다!!

준비 길

저는 오전 8시에 대전역에 도착하였습니다. 먼저 오신 분들이 순례자들 맞이에 분주했습니다. 아시는 분들, 처음 만나는 분들, 당일 접수하고 그 길에 합류하시는 분들이 속속들이 모이며 수줍은 인사를 나누었습니다. 낯설음도 잠시 같은 옷으로 갈아입고 나니, 이내 한 식구가 되었습니다.

▲Photo by 윤영석

순례길

"함께~ 봉하 가는 길", "사랑한다면~ 노무현처럼"을 외치며 대전역을
출발하였습니다!!

▲Photo by 윤영석

바로 가는 길임에도 50여 명이 함께 움직여야 하기에 어수선함이 잠깐 있
었지만 서울길 10구간 대장인 윤미옥 대장님의 안내에 자리를 잘 잡아
순조롭게 행진을 할 수 있었습니다.

걷는 길

서로를 응원하며 삼삼오오 짝이 되어 서로의 이야기를 꺼내 놓고, 참여한
사연이며 노무현 대통령에 대한 기억들을 추억하며 걸었습니다.

차들이 경적을 울리며 격려를 해주고 어떤 분은 잠깐 차를 정차하고 "화
이팅"을 외쳐주고 가셨습니다. 옥천쯤에선 어느 사업장의 대표님께서 "나
도 노무현 대통령을 좋아해요"라며, 참여는 못했지만 고맙다며 즉석에서
여름 모자 50여 개 정도를 순례길의 순례자분들께 선뜻 내주셨습니다.

▲Photo by 윤영석

머무는 길

간간이 쉬는 길에, 참가한 분들이 정성스럽게 준비해 오신 간식과 음료들
로 갈증을 달래고 고단함을 이겨낼 수 있었습니다.

▲Photo by 윤영석

마침 길

한 명의 낙오자도 없이 무사히 목적지인 "옥천역"에 도착하였습니다. 서울길 10구간 대장과 11구간 대장님의 깃발 전달을 끝으로 서로가 수고했다며 서로가 잘 해냈다며 축하해주고, 헤어짐을 아쉬워하며 내년에 다시 만날 것을 기약하며, 각자의 일상으로 돌아갔습니다.

▲Photo by 윤영석

함께 하신 모든 분들께 감사와 경의를 표합니다!!

오월은 노무현입니다!!
우리가 노무현입니다!!

사랑합니다!

윤재은, 2019. 5. 11

▲Photo by 윤영석

제3마디

11구간

제3마디 대장, 김기경

노무현 순례길 제3기, 서울길 제3마디의 마대장은 김기경 순례자와 황태수 순례자였다. 당시 김기경 마대장의 출사표는 아래와 같다.

충청도라 제일 늦게 인사 올립니다. 어쩌다 보니 노무현 순례길 제3기, 제3마디 대장이란 중책을 맞게 된 김기경입니다.

벌써, 강산이 변한다는 10년이란 세월이 훌쩍 가버렸네요. 그분을 기억하고 행동하는 깨시민!! 깨시국 동지들이 있어 부족하지만 최선을 다해 보겠습니다.

노무현 순례길 제2기에 이어 이번 제3기에도 제 고향인 11구간과 12구간을 맡게 되어 좀 더 뜻깊은 행사를 위해, 구간 일정을 운영진과 협의하여 꾸려보려 합니다.

11구간은 옥천~심천 구간이며, 거리는 21km입니다.

12구간은 금강과 음악이 함께하는 힐링 순례길이 되도록 할까 합니다.

주말 일정이니 많은 분들이 참여해 주시리라 기대합니다. 다가오는 5월에 시간 되시는 분들은 적극 참여하시어 좋은 분들과의 흐뭇한 추억을 만들어 보시기 바랍니다. 감사합니다.

김기경, 2019. 4. 7

제3마디 대장, 황태수

노무현 순례길 제3기, 서울길 제3마디의 마대장은 김기경 순례자와 황태수 순례자였다. 당시 황태수 마대장의 출사표는 아래와 같다.

안녕하세요. 노무현 순례길 제3기, 제3마디 대장을 맡게 된 황태수 라고 합니다.

어느덧 깨어있는 시민들의 국토대장정이 세 번째를 맞이했네요. 10년 전 그날 우린 어쩔 수 없이 가슴 아프게 떠나보내 드릴 수밖에 없었기에 이렇게 오늘날까지 놓지 못하고 있는지도 모르겠습니다.

그런 마음으로 이번엔 어느 구간에 함께 해볼까 하던 차에 조금씩 건강을 되찾아 가고 계시는 이강옥 대장님의 마대장 권유 전화를 받고는 전혀 고민 없이 받아들였습니다.

무슨 이유가 필요할까 싶었어요. 당연히 "작은 힘이라도 보태야겠다"는 마음밖에 없었습니다. 그렇게 제3마디 대장이라는 큰 과업을 받들게 되었고, 조금이나마 함께 할 수 있어서 기분 좋은 설렘으로 기다리고 있습니다.

한 발자국 우리의 걸음이 더해지고 쌓여 깨어있는 시민들의 시대, 노무현 정신이 살아 숨 쉬는 시대가 더 단단하게 올 거라 믿으며 올해도 많은 깨시민 분들과 함께하겠습니다.

다시 한번 이런 좋은 기회를 주신 이강옥 대장님께 감사드리고 기대장 님을 위시해서 각 마디 대장님들 그리고 구간 대장님들과 함께 멋진 깨시국이 되도록 일조하겠습니다.

5월 그 따사로운 햇살 아래 많은 깨시민 분들과 걷겠습니다. 고맙습니다.

황태수, 2019. 3. 31

2019년 5월 11일

노무현 순례길 제3기, 11구간 포스터

▲Photo by 사무국

11구간 거리정보

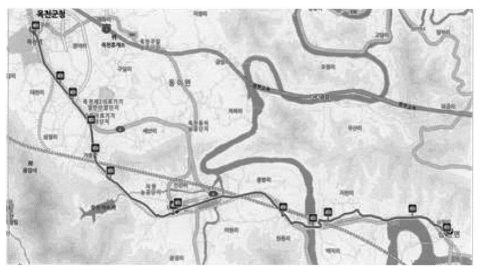

거리	21.9 km	소요 시간	6h 44m 39s
이동 시간	5h 6m 32s	휴식 시간	1h 38m 7s
평균 속도	4.3 km/h	최고점	217 m
종 획득고도	326 m	난이도	매우 쉬움

11구간 대장, 김기경

노무현 순례길 제3기, 서울길 11구간의 대장은 김기경 순례자였다. 당시 김기경 순례자는 제3마디 대장도 겸하고 있었다.

▲Photo by 송민준

▲Photo by 윤영석

▲Photo by 오건호[11]

---

11) 위 사진은 서울길 1구간에서 찍은 것이다.

▲Photo by 송민준[12]

▲Photo by 송민준

---

12) 위 사진은 서울길 12구간에서 찍은 것이다.

11구간 주자, 박수현

봄빛 반짝이는
푸른 잎사귀 하나.

향기로운 바람에 흔들리면
님이 오신 줄 알겠습니다.

다시 5월입니다.

저의 5월은 노무현에서 '더 노무현'이고 싶습니다. 저는 노무현 순례길 제3기, 서울길 제11구간을 걷게 될 박수현입니다. 제19대 국회의원(충남 공주시)이었고, 문재인 정부의 청와대 첫 대변인이었으며, 현재는 문희상 국회의장의 비서실장입니다.

▲Photo by 한은주

저에게는 부끄러운 이력이 있습니다. 청와대 고위공직자 재산등록 '꼴지', 국회 고위공직자 재산등록 '꼴지', 사람들은 묻고 의심합니다. "돈 없는 사람이 어떻게 정치를 하려고 하는가?"라는 비하와 따돌림이었습니다.

그런데 저는 국회의원이 되었습니다. 그것도 보수 성향이 가장 강한 곳 중 하나인 충남 공주에서 민주당의 깃발을 처음으로 세웠습니다.

노무현 대통령님이 열어주신 길입니다. 돈 없는 사람도 정치할 수 있는 새로운 세상을 열어주셨습니다. 정치인으로서 저만 잘할 수 있다면 국가와 국민께 작은 보탬이라도 되는 길입니다.

그런 사람들에게 기회를 열어주고 국가의 인재가 되도록 이끌어 준 노무현 대통령님을 그런 의미에서 저는 '大韓民國'이라고 불러드리고 싶습니다.

정호승 시인의 '봄길'이라는 시에서 노무현 대통령님을 만납니다.

"길이 끝나는 곳에서도 길이 있다.
길이 끝나는 곳에서도 길이 되는 사람이 있다.
스스로 봄길이 되어 끝없이 걸어가는 사람이 있다."

저도 그렇게 걸어가고 싶습니다. 노무현 대통령님이 만들어 주신 길에서, 노무현 대통령님의 시대정신을 안고 살아가는 사람들과 함께 끝없이 걸어갈 것입니다.

박수현, 2019. 5. 3

▼Photo by 송민준

11구간 주자, 이구현

노무현 순례길 제3기, 서울길 제11구간을 신청한 이구현입니다. 저는 현재 전라북도 마음사랑병원에 근무하고 있습니다.

저는 노무현 대통령님을 한 번도 직접 뵌 적이 없습니다. 2016년 10월경 우연히 페이스북 정치 그룹에 초대되어 안희정 전 충남도지사를 알게 되었고 그때 노무현 대통령님을 알게 되었습니다.

저는 노무현재단에서 주최한 '깨어있는 시민들의 조직적 힘'을 형성할 리더를 양성하는 노무현 리더십 학교에도 입학하여 총 26주 과정을 수료했습니다.

또한 노무현 정신을 계승 발전시키고 보다 실질적인 정치·시민 사회 분야에서 리더를 양성하고자 개설된 '노무현 리더십학교 제1기' 과정을 수료한 것을 자랑스럽게 생각합니다.

항상 노무현 정신을 생각하며 노무현 대통령이 꿈꿨던 특권과 반칙이 없는 세상", "원칙과 상식이 통하는 정의롭고 공정한 사회"인 '사람 사는 세상'을 만드는데 미약하나마 힘을 보태는 한 시민입니다.

5월 11일, 서울길 11구간에서 깨시국의 깨시민 여러분을 뵙겠습니다.

이구현, 2019. 5. 10

▲Photo by 김춘영

11구간 주자, 구선하

노무현 순례길 제1기 때, 다섯 살의 어린 아들을 데리고 서울길 22구간 순례자로서 노무현의 정신을 되새겼습니다.

노무현 순례길 제2기, 서울길 22구간 참석과 올해 노무현 순례길 제3기 3 마디 11구간과 5마디 22구간을 일곱 살이 된 아들의 손을 잡고 걷게 되었습니다.

아이에게 노무현의 정신을 되새겨줄 수 있는 소중한 추억을 남겨줄 수 있게 해주신 내 마음속의 영원한 대통령인 노무현 대통령님께 감사드립니다.

▲Photo by 김춘영

▲Photo by 김춘영

반칙과 특권이 아닌 아이들이 마음껏 자신의 꿈을 펼칠 수 있게 상식과 꿈이 통하는 나라 반드시 될 수 있게 깨어있는 시민이 되어 함께 만들어 가겠습니다. 5월은 노무현 정신으로… 화이팅 하겠습니다.

감사합니다.

구선하, 2019. 5. 10

11구간 주자, 박귀자

노무현 순례길 제3기, 서울길 1마디 대장인 함도현 대장님을 도우려다,
얼결에 다구간 주자가 되어 버린 박귀자입니다.

처음 걷기모임을 검색하다 찾아진 순례길은 마냥 걷고 싶어 산티아고 공
부를 하던 저에게 새로운 인생을 눈뜨게 해주었습니다.

▲Photo by 함도현[13]

청년 활동이 조금씩 시들해질 무렵 '설마 노무현이 될까?' 가슴 졸이며 지켜보다, 다시 한동네에 모여 밤새 주님을 모셨던 기억이 납니다.

김대중 대통령 때, 그 기쁨을 한 번 더 누렸지만 그 이후 너무 고통스런 세상에 내던져진 채 갈 길을 잃었었습니다.

믿어지지 않는 소식을 접한 날 하루 종일 TV 앞에서 오보였기를 기다리며 어두워질 때까지 멍한 정신으로 하루를 보냈습니다.

아이들 몰래 검은 정장으로 며칠을 보내며 처음으로 직접 차를 몰고 봉하마을을 내려갔습니다. 아무것도 없는 시골 촌마을에서 부엉이 바위라 일컫는 믿어지지 않는 현실을 올려다보며 미칠 것 같은 감정을 어찌해야 할

---

13) 위 그림은 서울길 5구간에서 찍은 사진이다.

▲Photo by 함도현[14)

지를 몰랐습니다.

현실에 쫓겨 비로소 가장 소중한 분을 잃고 나서야 때늦은 후회를 했습니다.

그때와 지금 제 현실은 발버둥 쳐 봤자 별로 변한 게 없습니다. 뜻이 같은 동료들을 만나는 기쁨을 새롭게 느낄 뿐입니다. 폰 번호를 5월 23일로 바꾸고 가슴에 새깁니다.

노무현 대통령님, 영원히 사랑합니다!!

박귀자, 2019. 5. 10

---

14) 위 그림은 서울길 5구간에서 찍은 사진이다.

11구간 주자, 일안

안녕하세요.

5월 11일, 서울길 11구간, 옥천역~심천역을 단체로 참가하는 일편단심 안희정, 일안입니다.

팬카페 일편단심 안희정은 문재인 정부의 성공과 더불어민주당의 장기집권을 위해, 잘할 수 있도록 힘을 모으고, 안희정 지사의 장도를 함께 하는 사람들이 모여 국가적 어젠다를 고민하고 소통하는 전국적인 커뮤니티입니다.

처음 걸어 볼 노무현 순례길이 기대됩니다. 5월 11일, 서울길 11구간에서 깨시국의 깨시민 여러분을 반갑게 뵙겠습니다.

박수현 실장님의 출사표를 인용하며, 저희도 그렇게 걸어가고 싶습니다.
노무현 대통령님이 만들어 주신 길에서, 노무현 대통령님의 시대정신을
안고 살아가는 사람들과 함께 끝없이 걸어갈 것입니다!!

일안, 2019. 5. 10

▲Photo by 김춘영

11구간 후기, 김춘영

8시 전에 옥천역에 도착하니, 이태주 님이 아침 일찍부터 티셔츠 등 배부용 물품을 셋팅해 놓고 참가자들을 기다립니다.

심천역에 차를 세워놓고 한은주님 부군인 조영수 님의 도움으로 다시 옥천역으로 이동했습니다.

함도현님 부부가 준비해 오신 간식을 티셔츠, 핀버튼 등과 함께 배부합니다. 김기경 님이 접수와 인원체크를 하십니다.

▲Photo by 김춘영

옥천역에서 이원역으로 이동 중입니다. 초반이라 힘차 보이는 발걸음입니다.

▲Photo by 김춘영

나무 그늘에서 잠깐 첫 휴식을 취합니다. 깔딱 고개를 넘어가기 전에 두 번째 휴식을 취합니다. 점심 먹어야 되니, 조금만 먹어야 합니다.

▲Photo by 김춘영

초록 초록한 산이 눈을 편하게 합니다. 깔딱 고개 진입하니 앞뒤 간격이 벌어집니다. 11구간 최고 난코스인 깔딱 고개를 다 올라왔습니다.

▲Photo by 김춘영

이원역 도착했습니다. 작년 제2기 때 점심을 먹었던 중국집을 지나, 역전 돼지국밥에서 점심 식사를 했습니다.

▲Photo by 김춘영

식사 중 합류하신 분들이 있어 단체사진 찍고 출발합니다.

▶Photo by 김춘영

지탄역에 도착했습니다. 점심에 합류하신 박수현 실장님과 인증샷도 찍고, 심천역으로 이동합니다.

다리가 점점 말을 듣지 않는다는 민원이 많아집니다. 확인해보니 2.7km인가 남았습니다. 가다 보니, 멋진 금강 전경이 눈에 들어옵니다. 힘들었

▲Photo by 김춘영

지만 자신을 이겨내고 완주한 기쁨의 모습이 아름답습니다. 시원한 마루 바닥 같은 곳에 피곤하고 지친 몸을 뉘여 봅니다.

오늘, 같이 걸으며 이야기 나눈 분들 반갑고 즐거웠고, 함께여서 좋았습니다. 특히 내일도 걸으시는 분들과 현장지원팀 분들 고생 많으시고 고맙습니다. 충분한 휴식으로 피곤한 몸 잘 회복하시기 바랍니다.

▲Photo by 김춘영

제3마디

12구간

2019년 5월 12일

노무현 순례길 제3기, 12구간 포스터

서울길 12구간 공식 포스터는 아래와 같다.

▲Photo by 사무국

12구간 거리정보

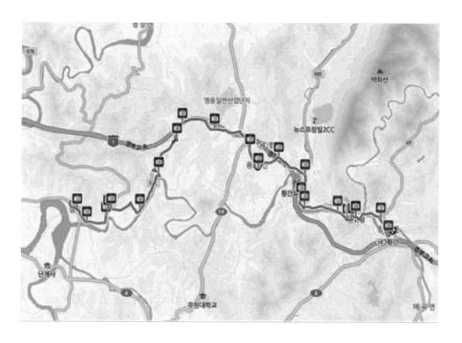

거리	30.5 km	소요 시간	8h 23m 29s
이동 시간	6h 10m 18s	휴식 시간	2h 13m 11s
평균 속도	4.9 km/h	최고점	225 m
총 획득고도	561 m	난이도	보통

12구간 대장, 한은주

노무현 순례길 제3기, 서울길 12구간의 대장은 한은주 순례자였다.

▲Photo by 김기경

위 그림은 한은주 순례자와 그녀의 남편 사진이다.

▲Photo by 김춘영[15]

15) 위 사진은 서울길 11구간에서 찍은 것이다.

▲Photo by 송민준

▲Photo by 송민준

12구간 주자, 호호네

안녕하세요.

강원도 평창의 호호네입니다. 지난 노무현 순례길 제2기, 서울길 20~22구간을 아들 고호, 채호와 함께 참가했습니다.

그리고 이번 노무현 순례길 제3기, 서울길 1구간에는 아들 고호와 저 이렇게 둘만 참가했었습니다.

그런데 서울길 11구간은 순례자로, 12구간은 주자로, 저희 가족 모두 함께 참여하게 되었습니다.

▲Photo by 김기경

노무현 대통령님의 정신, 자취를 그리워하고 이어가고 있는 이들의 긴 여정에 저희 가족이 한 자락을 이을 수 있게 되어 설레고 기쁩니다.

깨시국 여러분~ 함께여서 행복합니다!!

손성만, 2019. 5. 11

▲Photo by 김기경

12구간 후기, 윤성복

서울길 12구간은 심천에서 황간까지입니다. 올해 제가 처음 참가한 첫 구간입니다.

▲Photo by 윤성복

1년 만에 상봉하니 다들 얼마나 반갑던지요!! 날씨도 좋고 길도 이쁘고 사람들도 좋고 내년에도 또 가고 싶은 서울길 12구간이었습니다.

12구간은 다들 전문적으로 걷기를 하시는 분들 같았습니다. 아름다운 12구간을 함께한 분들께 감사드립니다.

윤성복, 2019. 5. 12

▲Photo by 송민준

▲Photo by 윤성복

한은주의 12구간 사진 후기

▲Photo by 한은주

▲Photo by 한은주

▲Photo by 한은주

모ㄱㄴ두

13구간

2019년 5월 13일

노무현 순례길 제3기, 13구간 포스터

서울길 13구간 공식 포스터는 아래와 같다.

▲Photo by 사무국

13구간 거리정보

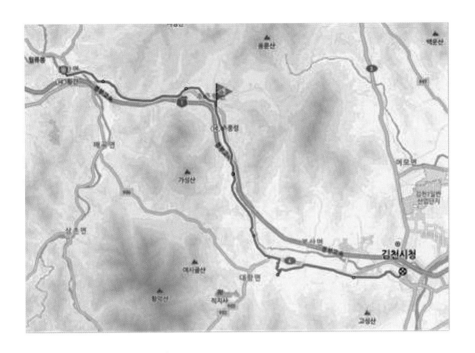

거리	30 km	소요 시간	8h 14m 10s
이동 시간	6h 3m 32s	휴식 시간	2h 10m 38s
평균 속도	5.0 km/h	최고점	256 m
총 획득고도	1,115 m	난이도	보통

▲Ramblr by 황태수

13구간 대장, 표윤숙

노무현 순례길 제3기, 서울길 13구간의 대장은 표윤숙 순례자였다. 표윤숙 대장의 출사표는 아래와 같다.

안녕하세요. 서울길 13구간 대장 표윤숙입니다. 맘 같아서는 전 구간 같이 하고 싶지만, 여건이 허락하지 않음이 그저 죄송할 따름입니다.

그분을 생각하고 그분을 기리는 마음은 이 자리에 계신 분들 모두 같을 거란 생각이 듭니다. 그와 같은 마음에 그저 감사하고, 같이 하고 싶은 마음이 듭니다. 5월 22일까지 아무런 사고 없이 무탈하게 끝나길 바래 봅니다.

저는 솔직히 노무현 정신, 모릅니다. 그냥 노무현이 좋았습니다. 그냥 죄송했습니다. 그래서 걷습니다. 보고파서 걷습니다.

▲Photo by 송민준

서울길 13구간, 황간에서 김천까지는 제가 5년 동안 붙박이 하기로 마음 먹고, 올해 2번째 참가입니다.

요즘, 운동을 못해 자신 없지만 열심히 걷겠습니다. 오늘 저녁에 황간역 주변에서 잠을 청할 생각입니다.

함께~~ 봉하 가는 길!!
사랑한다면~~ 노무현처럼!!

표윤숙, 2019. 5. 12

◀Photo by 황태수

13구간 주자, 황태수

서울길 13구간!! 아마도 노무현 순례길 제3기 구간 중, 참여 인원이 3명으로 가장 적은 참가자가 걷지 않을까 싶습니다.

오전에 표윤숙 구대장님이 올리기도 하셨지만, 솔직히 저라고 왜 걱정이 안 되겠습니까? 그렇지만 적은 인원이라 하더라도 가족같이 끈끈하게 가

려 합니다.

우리, 좀 천천히 걸으면 어때요. 우리, 좀 많이 쉬어 가면 어때요. 그래서 좀 많이 늦더라도 그게 뭐 어때요!! 그저, "누가 1등이냐!!"가 아니라 우리 모두 함께 그분이 계신 곳에 가는 거잖아요!![16]

◀Photo by 송민준

16) 위 그림의 『그리움이 문득 다가올 때』는 황태수 대장이 2017년도에 쓴 책이다.
   책은 부크크에서 구입할 수 있다. http://www.bookk.co.kr/book/view/27929

"늦더라도, 천천히 가더라도, 우린 깨시민이니까요." 그렇게 마음 다잡으며, 이렇게 내일을 준비합니다.

봉막(봉하 막걸리) 2병도 시원~하게 얼려 놨어요!! 우리 서울 13길 순례 자님들, 봉막 슬러쉬 한 잔 하며 놀멍 쉬멍 가자구요!!

황태수, 2019. 5. 12

▶Photo by 송민준

13구간 주자, 강욱천

강욱천 순례자는 5월 2일 서울길 2구간 주자였는데 개인 사정으로 인해 참가하지 못하고, 서울길 13구간 황간길에 참가하였다. 아래 그림의 포스터는 처음 2구간에 올라와 있던 그림이다.

'바람불면 당신인 줄 알겠습니다' 나의 어느 SNS 소개말 앞 늘 암구호처

럼 적혀있는 글귀입니다.

나의 인생길의 여러 격정과 항로가 있었지만 크게 본다면 나의 인생은 노
무현을 만난 이전과 이후로 나누어집니다. 늘 빚진자로서 역사 앞에 부채
의식에 사로잡힌 나를 변모케 만든 사람, 그 이름 '노무현' !! 현실정치인
이 무모하리만큼 원칙과 상식을 이야기하며 그 스스로 그 속에서 해답을
찾기 위해 몸부림쳤던 정치인 노무현!!

▲Photo by 황태수

우리는 그런 노무현을 바보 노무현이라고 부르며 따랐습니다. 함께 웃고 함께 울고 함께 기뻐하고 함께 행복해했습니다.

5월 광주에 이은, 그가 세상과 작별한 이후 5월은 내겐 참으로 견딜 수 없는 잔인하고 괴로운 5월입니다.

이제부터 모든 사람들이 5월 한 달 만큼은 서울 한복판에서 눈물 흘리며 힘들어했던 정치인 노무현을 버리고, 고향 봉하에서 함께 웃으며 행복해 했던 인간 노무현을 그리워하는 한 달이었으면 합니다.

다 함께 노무현 순례길을 걸으며 인간 노무현만을 기억하고 그래서 행복 해했던 지난날을 반추하는 시간으로 남은 인생길을 내내 걷겠습니다. 바 람 불면 당신인 줄 알겠습니다!!

강욱천, 2019. 4. 19

▲Photo by 황태수

13구간 소식, 이강옥

서울길 13구간 소식을 전합니다!!

한연옥 님이 "오늘은 참여 인원이 적다."는 페이스북을 보고 아침 일찍
현장 합류했습니다!!

▶Photo by 이강옥

강욱천 님이 서울에서, 서울길 13구간 참여를 위해, 차량 지원하는 분과 함께 합류했습니다!!

오늘은 현장 스탭들도 함께 걷습니다!! 이렇게 시민 스스로 서로 서로가 만나 노무현 순례길을 만들어 갑니다!!

이강옥, 2019. 5. 13

13구간 후기, 황태수

5월 13일 월요일 새벽 5시, 지난밤 썰어놓은 오이와 단것들 그리고 하이라이트인 봉하막걸리를 챙겨 봇짐을 꾸리며 이래저래 하다 보니 한 시간이 훌떡 지났다.

이미 황간에서 하룻밤을 묵은 순례자들이 있기에 나만 도착하면 되는 상황!! 그렇게 새벽 6시 20분경 출발을 하고 미끄러지듯 부드럽게 달리는 차에서 한껏 새벽 공기를 폐 속 깊숙이 넣어 본다.

도착해서 이런저런 사진을 찍다 보니 이강옥 대장님의 전화가 삐리리 울린다. "밥 먹고 출발해요!!"라는 말씀에 황간의 유명한 올갱이 해장국으로 배 속 위장을 깨운 후, 다시 황간역으로 갔다.

이강옥 대장님이 표윤숙 대장님, 민서희 작가님, 이태주 국장님 등의 출

▲Photo by 황태수

◀▲Photo by 황태수

사표를 라이브방송으로 촬영한 다음, 우리는 김천 땅을 향해 출발했다.

그렇게 몇 분이나 걸었을까? 이강옥 대장님이 탑승한 지원 차량이 바삐 우리 앞을 가로 막았다. 출발 전부터 "인원이 없다, 마의 구간이다." 하며 하도 징징댄 탓일까? 대전에 거주하시는 한연옥 순례자와 서울에서 오신 강욱천 순례자께서 합류를 해주셨다. 크아~ 얼마나 천군만마 같던지!! 그렇게 인증샷을 담고는 다시 출발을 했다.

추풍령역을 향해 가는, 경사도 있는 언덕길도 씩씩하게 걷는 우리 13구간 순례자들!! 그렇게 어느덧 우린 8km를 걸었다. 사실 표윤숙 대장님의 속도가 엄청나더라!! 걷는 속도로 치자면 나도 느린 편이 아닌데 이건 뭐!!

거의 경보 수준이었다.

자칫 잘못하면 전날 12구간 김기경 대장님의 최고 속도를 갱신해 버리는 일이 발생될지 모른다는 우려감이 속출했다. 난 그저 가족같이 쉬멍 놀멍 하고 싶었는데, 그것이 불가능했더랬다.

그렇게 걷다가, 길 건너 농협 미곡 창고 앞 장미 그늘에 앉아 잠시 걸음을 멈추고 망중한을 즐긴 다음, 추풍령 면 소재지에 입성을 하였다. 길가에

▲Photo by 황태수

핀 노란 꽃들이 어찌나 반갑게 맞이를 해주던지!!

추풍령역에 도착한 우린 서로의 안부를 물으며 담소의 시간을 가졌다.
"어디 사시냐, 뭐 하시냐" 등등을 묻고 다시 걸음을 내디뎠다.

▲Photo by 황태수

어렸을 적 보았던 컨추리스틱한 상점의, 추풍령면의 중심가를 지나 충북
과 경북의 경계로 접어들게 되었는데, 그렇게 내리쬐는 땡볕에도 굴하지
않고 투철한 노란 마음 하나로 앞을 향해 나아갔다.

시원하게 쭉쭉 뻗은 전나무 길도 걸었고, 정말 멋지리만큼 보무도 당당하
게 앞으로 나아갔다. 길가엔 노란 꽃들이 우리와 함께 했고, 빨간 속내를

▲Photo by 황태수

감추지 못하는 나무들도 우리의 어깨를 토닥여주었으며, 홀로 외로이 피어있는 양귀비 한 송이도 우리의 마음을 달래주었다.

▲Photo by 황태수

솟대가 그려진 벽화 위로, 흐드러지게 핀 꽃잔디의 환영을 받으며 우린 세 번째 기착점인 직지사역으로 나아갔다. 이곳에서의 목적은 표대장님이 준비한 라면 먹방을 위한 것이었지만, 시원한 쭈쭈바로 대신하고, 탈이 난 발에 테이핑도 했더랬다. 그렇게 조금은 불편하지만 그분이 계신 곳을 향해 조금씩 조금씩 전진을 했다.

▲Photo by 황태수

직지사역을 돌아 나온 우린 마냥 밝았다. 힘든 기색 하나 없었다. 다만 민작가님의 발이 약간 불편할 뿐이었다. 차에 타시라 해도 '싫으시다, 걸으시겠단다.'

우린 이에 질세라 억지로 태웠다. 근데 얼마 가지 않고 500m 앞에서 내렸다. 그렇게 걷다 보니 저와 함께 3마대장으로 수고하시는 김기경 형님 내외가 오셨다.

▲Photo by 황태수

그렇게 같이 걷다 보니, 장장 30km에 이르는 구간의 마지막이 길 건너에 보이고, 서울길 14구간 윤경숙 대장님이 뭉클한 얼굴로 우릴 맞이해 주셨다. 윤대장님께 깃발을 넘겨드리는 것으로 우리 13구간 순례자들의 역할은 마무리되었다.

"길은 여러 갈래로 존재할 수 있지만, 그 목적지는 하나이어야 한다." 라는 말이 있다.

그래야 모든 이들의 이상향이 같아지고 꿈도 같아지기 때문이리라!! 그 목적지가 "사람이 먼저인, 사람 사는 세상" 이 아닐까!!

그렇게 그곳을 향해 오늘도 열심히 걸으시는, 지금까지 열심히 걷고 있을 노무현 순례길의 모든 순례자분들께 박수를 올린다.

앞으로의 남은 여정에도 우리 노짱께서 좋은 바람으로 함께 해주실 거라 믿으며, 안전한 순례길이 되시길 기원하며 줄인다.

황태수, 2019. 5. 15

▶Photo by 박운음

▲Photo by 황태수

제3마디

14구간

2019년 5월 14일

노무현 순례길 제3기, 14구간 포스터

서울길 14구간 공식 포스터는 아래와 같다.

▲Photo by 사무국

14구간 대장, 윤경숙

노무현 순례길 제3기, 서울길 14구간의 대장은 윤경숙 순례자였다. 윤경숙 순례자의 간단한 출사표는 아래와 같다.

함께~~ 봉하 가는 길!!
사랑한다면~~ 노무현처럼!!.

일 년을 기다렸습니다. 어릴 적 소풍 가는 기분으로 가슴 설레면서 그날만, 그분만 생각하면서, 이 날을 기다렸습니다.

서울길 14구간은 김천역을 출발하여, 대신역, 아포역을 지나 구미역까지 걷는 길입니다. 여러분도 함께할 수 있기를 기대하며 줄입니다.

윤경숙, 2019. 5. 13

▲Photo by 이태주

▲Photo by 최유림

14구간 주자, 김경열

2019년 5월 1일 광화문 출정식을, 지난 일 년 동안 기다렸습니다.

부부가 함께합니다. 집사람은 노무현 순례길 제2기부터, 저는 제3기부터
참가하게 되었습니다.

깨어 있는 시민들과 노무현 대통령님이 추구했던, "함께 사람 사는 세상"이 깨시국의 노무현 순례길을 통해 전국 방방곡곡에 전파되어, 정의롭고 누구에게나 기회가 균등하고, 법 앞에 평등한 대한민국이 되길 기대해 봅니다.

김경열, 2019. 5. 13

▲Photo by 송민준

▲Photo by 박수정

▲Photo by 최유림

14구간 주자, 오흥국

내일이면 서울길 14구간의 시작점인 영남 제1문, 김천에서 출발합니다.

김천에서는 '노무현 순례길'을 쌍수 들어 환영해 주지는 않겠지만, "전라도에서 콩이면 경상도에서도 콩이고, 전라도에서 팥이면 경상도에서도 팥이다"라는 노무현 대통령님의 말씀을 우리 깨시민은 믿습니다.

우리가 가는 한 걸음 한 걸음이 국민 통합을 위한 위대한 장정이라고 믿기에 이 순례길을 즐겁고 행복하게 갈 것입니다. 감사합니다.

오흥국, 2019. 5. 13

▲Photo by 최유림

14구간 후기, 최유림

오전 9시 5분경, 김천역을 출발하여, 오후 5시 30분경 구미역에 도착하였습니다.

▲Photo by 박수정

출발한 지 얼마 안 되어, 오흥국 대장님 말씀이 "오늘 오마이뉴스 기자님이 동행하신다."고 하였는데 좀 지나자 김종훈 기자님이 합류하여 끝까지 함께 걸었습니다. 김종훈 기자님 오늘 너무 고생하셨습니다.

▲Photo by 박수정

서울길 14구간을 위해 오이, 수박, 아이스크림 등등을 준비하시고 기획하신 윤경숙 구간대장님 부부께 감사드립니다.

▲Photo by 송민준

▲Photo by 박수정

서울길 2구간에 동행하셨던 안덕한 님, 14구간에서 다시 뵐 줄 몰랐는데 뵙게 되어 반가웠습니다. 정말 체력이 좋으신 거 같습니다. 나머지 구간도 끝까지 파이팅하십시오.

▲Photo by 박수정

그리고 제주도에서 올라오신 분 정말 대단하신 듯해요. 내일 조심해서 내려가십시오.

▲Photo by 박수정

역시나 2구간에서 함께 한 심광보님과 천안에서 온 박수정 언니, 새벽 일찍 일어나 피곤하실 텐데, 무척 반가웠고 덕분에 즐거웠습니다. 서울길 1구간에서 뵌 오흥국 대장님, 대장님이 계시니 더욱 든든했습니다.

▲Photo by 박수정

◀Photo by 송민준

차량지원으로 동행하신 민작가님, 매일매일 예쁜 영상을 찍어주시는 송 감독님, 늘 고생하시는 이강옥 대장님, 시원한 음료와 늘 든든하게 팀원 분들을 챙기신 이태주님 그리고 밴드에서 보다가 아이스 아메리카노 들고 응원 오신 김리원님 감사합니다.

실은 중간에 차를 잠깐이라도 탈까 했었던 적이 있었던 오늘이었습니다.

▲Photo by 박수정

뜨거운 아스팔트에 머리가 띵하고, 다리가 아팠지만 끝까지 완주하였습니다.

날씨가 좋아 하늘이 맑고, 구름이 예뻤던 날!! 나의 소중한 하루, 14구간 팀원들의 소중한 하루가 모였기에 힘들어도 함께 걸어야 한다고 생각하였습니다.

▲Photo by 박수정

서로가 힘이 되었고, 즐겁게 아름다운 길을 귀하게 걸었습니다. 오늘 하루의 순간순간들이 파노라마처럼 지나가고 시간이 지나면 주마등처럼 생각이 나겠지만, 지금 이 순간은 마음이 따뜻하고 너무너무 행복하답니다.

오늘 서울길 14구간을 함께 걸으셨던 분들, 너무 고생하셨습니다. 푹 쉬십시오. 그리고 내일 걷는 분들께 응원 보냅니다. 감사합니다.

최유림, 2019. 5. 14

제3마디

15구간

2019년 5월 15일

노무현 순례길 제3기, 15구간 포스터

서울길 15구간 공식 포스터는 아래와 같다.

15구간 대장, 전성복

이제 꼭 한 달 남았네요. 척박한 땅 불모지의 땅이라 불리고 있는 구미에서, 노무현의 가치와 정신을 되새기고자 미약하지만 서울길 15구간, 구미~연화 구간을 맡게 된 전성복입니다.

노무현 순례길 제1기 때 걸었던 그 길을 다시 걸으며 노무현 없는 노무현 시대의 가치와 정신을 뿌리내림으로써 아름다운 미래의 삶을 살고자 합니다.

계절이 세 번 바뀌면서도 늘 한결같이 묵묵히 실천해 가는 모든 깨시국의 깨시민들의 정성과 사랑에 감사드립니다.

오월의 따스한 그날에 뵙겠습니다. 감사합니다.

전성복, 2019. 4. 15

▲Photo by 이동석

▲Photo by 이동석

15구간 주자, 장혜선

10년을 봉하에 가도 야속하게 당신은 없습니다. 당신이 가고 나서야 당신의 소중함을 알게 된 나를 자책하며 가슴에 큰 돌덩이를 안고 살아갑니다.

"민주주의 최후의 보루는 깨어있는 시민의 조직된 힘"이라고 하셨지요!!

노무현재단 구미지회는 보수의 심장 구미, 이곳에서 당신이 받았던 핍박처럼 서럽게 10년을 견뎌내고 있습니다.

아직도 대구 경북은 지역주의가 팽배하고, 밖에서는 토착 왜구의 세상, 안에서는 빨갱이의 시선으로 우리를 바라봅니다.

괜찮습니다!! '당신의 의로움, 당신의 정의, 당신의 뚝심, 당신의 올곧음' 살아가면서 내일은 더 당신을 닮아가며 열심히 우리와 싸워나갈 것입니다.

사실은 작년에 순례단에 참가하려고 구미역을 찾았다가 한창 뜨거웠던 지방선거에 뛰어드는 바람에 기회를 놓치고 다시 1년을 기다렸습니다.

▲Photo by 이동석

1년 전 그 약속, 올해는 꼭 참여하겠노라 약속했던 그 약속을 지키기 위해 몇 개월 전부터 오래도록 걸었습니다. 다른 이에게 폐가 되면 안 되겠기에 열심히 걷고 또 걸었습니다.

26km가 넘는 그 길을 제가 해낼 수 있을지 아직도 의문입니다. 자신은 더더욱 없습니다. 하지만, 함께하는 우리들, 노무현재단 구미지회가 있어 든든히 마음먹고 길을 나서려 합니다.

늘 가도, 봉하에 당신은 없습니다. 그러나, 봉하로 향하는 걸음 걸음마다 당신을 느끼고, 생각하고, 다짐합니다!! 날이 갈수록 당신과 같아지려 노력하는 우리들입니다.

대통령님, 사랑합니다!!
바람이 불면 당신인 줄 알겠습니다!!

장혜선, 2019. 5. 13

Photo by 이동석

15구간 주자, 윤재은

안녕하세요! 노무현 순례길 제3기, 서울길 15구간 주자 윤재은입니다. 저는 이미 제3기 서울길 10구간, 11구간에 참가했지만, 다른 순례자분들과의 약속을 지키기 위해 다시금 인사를 드립니다.

22일간의 긴 여정, 길 위에서 만났던 순례자분들의 헌신과 수고함에 내내 감사의 마음을 어떻게 전할까 고민하다, 결국은 '함께' 하는 것이라고

생각했습니다.

국토대장정 '노무현 순례길의 순례자'는, 각양각색의 시민들이 모이기 때문에 모두가 다를 것이라 생각했는데 '다름'이라는 말조차 무의미한, 우리 모두가 노무현이라는 걸 알았습니다!!

더 이상 노무현 대통령을 생각하며, 마음 아파하지 않겠습니다. 눈물 흘리지 않겠습니다. 이제 '새로운 노무현'을 위해 함께 남은 길을 걸어가고자 합니다!!

함께! 봉하가는 길!!
사랑한다면! 노무현처럼!!

윤재은, 2019. 5. 13

▲Photo by 이동석

▲Photo by 이동석

15구간 주자, 박상우

15구간 주자를 맡게 된, 충남 부여군 군의원 박상우입니다.

먼저 부끄러운 고백을 할까 합니다. 전 사실 노무현 대통령님을 잘 모릅니다. "바보 노무현, 노짱, 봉하마을, 청문회 스타" 노무현 대통령을 생각하면 짧게나마 떠올려지는 몇 개 안 되는 단어!!

10여 년 그리고 더 거슬러 올라 2003년부터 기억을 떠올려 보았습니다.

저의 지역구는 충남 부여입니다. 단 한번도 민주당이 깃발을 꽂아 본 적 없는 그런 곳에서 제가 청년기를 보냈습니다.

2018년 지방선거!! 모두가 설마설마했던 부여에 마침내 더불어 민주당의 깃발이 올라왔습니다.

"낡은 정치를 새로운 정치로 바꾸는 힘은 국민 여러분께 있습니다"라고 했던 말처럼, 부여군민들의 힘으로 바꿀 수 있었고 또 힘을 주고 계시다고 확신합니다.

깨어있는 시민의 조직된 힘, 충남 부여에서도 반드시 보여드리겠습니다.

박상우, 2019. 5. 13

15구간 주자, 김효주

사실은 일상에 지쳐 있었기에
그냥 걷기 위해 참가했습니다.

5월 5일과 6일

낯선 곳에서 시작한 노란 개미 행렬에
처음 만난 사람들과 그냥

그저 걸어갔던 시간들이
너무 행복했나 봅니다.

또 걷고파서
다시 스케줄을 조정했습니다.

길 위에 있는 시간이
즐겁습니다.

몇 년 전
혼자 봉하 마을을 찾고

혼자 부르짖었던
그 시간이 어느새 과거가 되고

▲Photo by 이동석

이제 나에겐
동행자들이 있으니까요.

함께!!
길 위에 있는 5월의 시간은
이제 이렇게 시작되었습니다.

김효주, 2019. 5. 14

▲Photo by 이동석

15구간 응원, 황태수

걷고 걷고 또 걷다 보면, 발에 물집도 잡히고요. 발뒤꿈치의 살도 벗겨지기도 하고, 무릎도 시큰거리고 발목도 쑤시기도 해요.

▲Photo by 이동석

흐르는 땀이 말라, 얼굴엔 하얀 소금기로 바삭바삭해지기도 하고,
노란 티셔츠 팔 아래 팔뚝은 금새 벌게지며 늦봄 햇살에 타서 따갑기도
해요!!

▲Photo by 이동석

그래요

그렇게 걷고 나면 조금씩은 아파요. 누구나 할 것 없이 조금씩은 아프더
군요!!

근데요

몸이 아픈 건 아물고 딱지가 떨어지면 언제 그랬는지 싶죠. 하지만 마음
이 아픈 건 10년이 지난 지금도 아물지가 않아요!!

▲Photo by 이동석

그래서

우린 이렇게 걸어요. 서로의 아픔을 알기에 그 아픔을 조금씩 나눠 갖으려 그렇게 걸어요. 우리의 아픔이 모이면 바로 그분에게 가 있음을 우린 알고 있으니까요!!

▲Photo by 이동석

그렇듯

어제도 오늘도 내일도 우린 걷고 걷고 또 걷고 걸어 그 분 앞에 서 있는거
죠!!

▲Photo by 이동석

그렇게

그분 앞에 서게 됐을 때 우린 그때 함께 웃자고요. 우리가 사는 이 세상이
당신의 "사람 사는 세상" 이라고 하면서 말이에요!!

황태수, 2019. 5. 14

▲Photo by 이동석

제4마디

몬그ㄴ두

16구간

제4마디 대장, 박대희

안녕하세요. 노무현 순례길 제3기, 서울길 제4마디 대장을 맡게 된 박대희 인사드립니다.

작년에 이어 좋은 인연 함께 이어갔으면 좋겠습니다. '깨어있는 시민들의 조직된 힘, 직접민주주의를 향한 열망'을 위해서 올해도 함께 노무현 대통령님을 생각하고 그분의 발자취를 느끼며, 뜨거운 감동의 시간 가져보고자 합니다. 함께해요!!

박대희, 2018. 4. 2

제4마디 대장, 김진홍

안녕하십니까!! 노무현 순례길 제3기, 서울길 4마디 길잡이를 맡아 박대희 대장과 함께 안내하게 될 김진홍입니다.

서거 10주기인 올해 더욱더 그리워지는 그분입니다!! 그분을 지켜드리지 못한 죄인의 심정으로 1기부터 참여를 해 왔습니다!! 그때마다 수많은 참가자들의 사연과 부치지 않은 편지를 듣고 보면서 가슴이 뜨거워지는 걸 느꼈습니다!!

앞으로의 순례길이 5월에만 이어지는 행사가 아닌 상시적인 순례길로 정착되어 누구든지 이 길을 걸으며 그분을 기억하고 그분의 정신이 모든 이들의 생활 속에서 녹아들어 사람 사는 세상 그 참세상이 이루어질 수 있는 노무현 순례길이 되길 간절히 바라는 마음입니다!!

참여하시는 한 분 한 분 깨시민 모든 분들이 시대의 주인이며 역사의 주인공이자 노무현입니다!!! 5월 따스한 바람이 되어 우리 곁에 오시는 그분을 만나러 가시죠!!

김진홍, 2018. 4. 2

노무현순례길
깨어있는시민들의국토대장정

제3기 참가자 모집

2019년 5월 16일

노무현 순례길 제3기, 16구간 포스터

서울길 16구간 공식 포스터는 아래와 같다.

▲Photo by 사무국

16구간 거리정보

Walking 걷기		

📅 날짜	2019-05-16	
📍 위치	경상북도 칠곡군	
🔥 소모열량	270.7kcal	
📍 거리정보	전체거리 **30 km** 운동거리 **30 km**	
🕐 시간정보	전체시간 **08:21:48** 운동시간 **06:55:47** 휴식시간 **01:26:01**	
⏱ 속도정보	최고 **13.1km/h** 평균 **4.2km/h**	>
📐 고도정보	최저 **24m** 최고**99m**	>

16구간 대장, 한은주

▲Photo by 민서희[17]

▲Photo by 이동석

17) 위 그림은 서울길 6구간에서 찍은 사진이다.

16구간 주자, 유영호

2년 전 이맘때구나!!
그분이 가시고 8년, 세월호 이웃들이 희생당하고 3년, 그 먹먹하고 답답
함은 어찌해도 가시지 않아 큰맘 먹고 길을 떠났습니다.

목포신항에서 녹슬고 기울어진 선체를 먼 발치에서 안타까이 바라보고, 팽목항에서 넘어가는 붉은 해를 바라보다 한 번 울고, 트렁크에서 꺼낸 자그마한 자전거로 봉하 마을을 한 바퀴 돌고, 진도에서 가져온 홍주로 부엉이바위에서 그분과 혈주를 나누어 마셨습니다.

영상관에서 노무현 대통령님의 흔적을 곱씹는데 또 눈물이 터져 나와, 마음의 한과 응어리는 행동으로 풀어야 한다는 진리를 체험했습니다.

▲Photo by 최영

얼마 전 소수의 진실된 의지가, 다수의 집단이익을 이겨내기 힘듦을 몸소 깨닫고, 깨시민이 떠올랐습니다. 오늘은 봉하로 가는 길을 함께 하지만, 걸어보며 생각해보려고 합니다.

"깨어있는 시민들과 계속 걸어볼까?"

유영호, 2018. 5. 14

▲Photo by 최영

16구간 주자, 송선영

노무현 순례길 제1기 때는 얼떨결에 부강역에서 대전역까지, 표사인 볼트[18] 표윤숙 님과 하루 걷고 물집을 병원에서 해결해야 했습니다.

---

18) 표윤숙 순례자가 워낙 빨리 걸어, 단거리 육상선수 우사인볼트의 이름을 가져와 붙인 별명이다.

노무현 순례길 제2기 때는 가정을 포기하고 옥천역부터 진영역까지, 그리고 봉하센터에서 2박 3일을 보냈습니다.

노무현 순례길 제3기 때는 솔직히 편안하게 쉬고 싶어서 숨죽이고 살았는데, 참석 안 하면 전화번호 삭제해버린다고 협박을 하는 이쁜 언니와, 나중에 니딸 결혼식에도 참석해주고 먹고 싶은 거 세상에 있는 거 다 사준다고 꼬임하시는 씩씩한 언니와, 매일같이 전화해서 이모님~~ 같이 걸어요 보고싶어요!! 16구간 주자가 2명 밖에 안 된다고 카톡하고 매일 전화하는 착한 우리 성복 씨와, 집사람이 보고 싶어 한다고 아우성친다는 문자와, 카톡의 이쁜 사진들이 또 하나의 제 일상으로….

그래서 출동합니다!!

▲Photo by 최영

마음이 착하고 이쁜 친구와 또 하나의 추억의 한 페이지를 채우기 위해서
출동해 봅니다!!

2019년 5월은 어떤 시절 인연이 기다리고 있을지 기대해봅니다!!

송선영, 2018. 5. 15

▲Photo by 최영

16구간 주자, 권성은

내가 말하는 시민이라는 것은 자기와 세계의 관계를 이해하는 사람입니다. 즉 자기와 정치, 자기와 권력과의 관계를 이해하고 적어도 자기의 몫을 주장할 줄 알고 자기 몫을 넘어서 내 이웃과 정치도 생각할 줄 아는 사람입니다.

이런 것을 일반화해서 정치적 사고와 행동을 하는 사람이 시민이라고 보는 것이죠.

이런 개념에서는 행동을 하는 사람이 시민이고, 그 시민 없이는 민주주의가 성립되지 않는다!! 이렇게 생각하는 것이죠. 그래서 시민의 숫자가 적다면 시민의 숫자를 늘려야 한다는 것이죠.

지난날 『노무현과 바보들』이라는 영화를 보게 되었습니다. 영화 속에서, 익숙한 모습들이 느리게 지나갔습니다. 아무도 없는 공간에서 바보처럼 울며 울며 가슴을 치는 저를 발견했습니다!!

그러다 내가 무엇을 할까? 내가 할 수 있는 것을 찾아보자!! 그러다 가까운 지인이 올린 국토대장정, 노무현 순례길을 보았죠!! 또 친구 선영이의 말도 생각이 났습니다.

▲Photo by 최영

내가 할 수 있는 건 그래 이거야!! 바로 실천에 옮겼습니다. 한 걸음 한 걸음… 그 한걸음은 실천이고 행동입니다. 깨어있는 시민의 시작입니다!!

늘 기억합니다. 늘 그리워합니다. 5월은 노무현입니다. ♡♡

권성은, 2018. 5. 15

▲Photo by 최영

최영의 사진으로 보는 16구간

제4마디

17구간

2019년 5월 17일

노무현 순례길 제3기, 17구간 포스터

서울길 17구간 공식 포스터는 아래와 같다.

▲Photo by 사무국

17구간 대장, 이걸민

작년 여동생의 권유로 노무현 순례길에 참가하였습니다. 너무 좋은 경험이었기에 올해에도 참가하는 이걸민입니다.

작년에는 밀양~삼랑진 구간에서, 깃발을 들고 가는 기수 역할을 했었습니다. 작년 5월에는 날씨가 청명하고 최근 보기 드문 파란 하늘이어서 걷는 내내 참 행복하다고 느꼈습니다.

이런 행복했던 경험을 함께 나누고 싶습니다. 꿈나라베개 인스타 @ggumland에서 참가비 지원 이벤트를 하고 있으니 부담 없이 지원하셔서 함께 걸어보면 어떨까요?

선착순이라 지금 지원하시면 당첨율 100%입니다. 제 성격이 다소 내성적이라 부끄럼이 많습니다. 그래서 작년에 참가할 때 생소한 환경과 처음 만나는 사람과의 관계에 대한 부담이 참 컸습니다. 그래서 이미 1구간 주자로 걸었던 동생을 불러 함께 걷자고 부탁했었습니다.

▲Photo by 이걸민

작년에는 노무현 순례길 행사 시작 전에 저희 꿈나라베개 퀴즈이벤트까지 진행을 했던터라, 행사 시작도 하기 전에 심박수가 폭발했었습니다. 이마에 땀은 분수처럼 솟아났구요.

함께 걸었던 분들 모두 참 좋은 분들이셨어요. 배려심이 참 많으시고 또한 사상적 유대감과 공통된 지향점이 있어서였는지 서먹할 거 같았던 걱정은 괜한 기우였네요.

올해는 대구~경산 구간을 걷습니다. 제가 동서남북을 잘 분간 못하는 길치임에도 대장을 맡았습니다. 사무국 차원에서 그런 불상사를 방지하고자 공동 대장을 맡기셨네요. 참으로 현명하신 판단입니다. 무사히 모두가 행복하게 완주할 수 있도록 최선을 다하도록 노력하겠습니다.

올해는 노무현 대통령 서거 10주기입니다. 이런 뜻깊은 해에 노무현 순례길을 참가하게 돼서 너무나 영광입니다.

이걸민, 2018. 4. 10

17구간 주자, 박대희 & 이교남

10년 전 그날이 저를 완전히 다른 사람으로 만들어 놓았습니다. 민주주의 본질 그리고 국민이 주인이 되는 세상, 항상 깨어있음을 논하며 우리가 접하는 언론과 매체에 심사숙고하는 그 마음, 지금도 앞으로도 그럴 것입니다!!

▲Photo by 이걸민

▲Photo by 강성진

▲Photo by 이걸민

깨어있는 행동을 함께 하면서 그 인연으로 교남씨를 만나게 되었고 그리고 각 지역의 마음이 따뜻한 분들과 가슴 울리는 추억을 쌓아 나가고 있습니다.

저희는 대구에서 패션학원과 예비사회적기업을 운영하며 역사 속에서 사라져간 소중한 시간들을 다시 일깨우고 기억하기 위한 프로젝트를 진행하고 있습니다.

제주 4.3과 5.18 민주화운동, 6.10 항쟁, 이육사 시인과 전태일 열사 등반드시 기억해야 하며 항상 간직해야 할 역사의 큰 획을 그은 분을 기억하듯 가슴에 새기기 위해 옷과 가방 등을 디자인하여 알리는 일들을 진행하고 있습니다.

앞으로도 대구를 변화시키고 우리의 올바른 역사를 미래의 아이들에게 알리기 위해서 더욱더 노력하겠습니다. 그리고 다가오는 17일 그분을 함께 뵈러 가겠습니다. 좋은 인연 좋은 추억 만들러 가요.

박대희&이교남, 2019. 5. 15

17구간 주자, 박정권

안녕하십니까.

올해는 故 노무현 대통령께서 서거하신지 10년이 되는 해입니다.

저는 대구광역시 수성구 의원 박정권입니다. 어린 두 아이를 둔 평범한 아빠가 시민정치, 생활정치의 길에 들어섰습니다. 아이들이 안전하고 행복한 세상을 만들기 위해 작은 힘이지만 보탬이 되고자 합니다. 평범함이, 특별함이라는 시민정신을 실천하고자, 살아가고 있습니다.

10년 전 김해 진영에서 신혼생활을 시작했습니다. 따뜻한 봄날 아내와 함께 산책을 나갔던 곳, 어린아이들과 유모차를 끌고 나들이를 다녔던 그곳 봉하 마을을, 대통령님을 기억하는 아들과 함께 걸어보고자 합니다.

10년 전 5월, 만삭인 아내와 함께 봉하 마을을 찾았던 기억이 가슴속 한 구석에 지금도 자리 잡고 있습니다.

▲Photo by 윤성복

아이들에게 부끄럽지 않은 어른이 되고자 청년 시절 품었던 순수하고 뜨거운 열정을 간직하고 깨어있는 시민으로 한 걸음씩 소중한 걸음을 걸어가겠습니다. 작은 걸음이지만 여럿이 함께 소중한 분들과 가슴 아련한 햇살 눈부신 5월을 함께 하고자 합니다.

대통령님 보고 싶습니다!!

박정권, 2019. 5. 9

▲Photo by 윤성복

17구간 주자, 김두현

1988년, 청문회를 통해 그를 처음 알게 되었습니다.
1992년, 뜨겁던 대학 시절 그를 처음 만났습니다.

2000년, 총선이 있던 4월 13일 날 그의 낙선 소식에 눈물을 흘렸고 그를 사랑하게 되었습니다.

2002년, 전국의 작은 바보들과 함께 그의 당선을 위해 전국을 돌며 열정을 태웠습니다.

2009년, 그를 보내고 실감이 나지 않아 눈물조차 흐르지 않던 아픔이 가슴속 한편에 여전히 남아 있습니다.

2017년, 대선에서 다시 한번 그와 함께 꾸었던 '사람 사는 세상'의 꿈을 실현 시키기 위해 뛰었습니다.

벌써 10년이 지났지만 그를 보내지 못하고 있습니다. 아직도 그와 함께 우리 모두가 꿈꾼 '사람 사는 세상'을 향해 가야 할 길이 멀기 때문일 겁니다.

하지만!! 함께 꿈을 꾸면 이루어지고 손 잡고 함께 가다 보면 언젠가는 꼭 다다를 수 있을 거라 믿습니다.

▲Photo by 이걸민

호랑이의 눈으로 우리가 함께 가야 할 곳을 응시하며 소의 걸음으로 뚜벅뚜벅 걷겠습니다.

김두현, 2019. 5. 13

▲Photo by 윤성복

17구간 주자, 김혜련

"길을 아는 것과 그 길을 걷는 것은 분명히 다르다." 이 말은 영화「매트릭스」에서 모피어스가 한 말입니다.

내가 알고 있는 것이, 내가 믿는 것이 옳은 것이라는 오만에 빠져 있는 건 아닌지 돌아볼 수 있는 기회, 함께 하는 것만으로 행복한 사람들을 만날 수 있는 시간, 대구 도심 속 노랑색 티셔츠를 입고 걷는 희열을 느낄 수 있는 시간이 있습니다.

노무현 순례길 제3기, 서울길 17구간, 신혼길에 여러분을 초대합니다. 누구나 함께 할 수 있습니다. 혼자 오셔도 좋고, 가족이나 연인과 오셔도 좋습니다.

김혜련, 2019. 5. 15

17구간 주자, 이일규

시민이 곧 가족입니다.

함께 한다는 설렘
함께 나누는 슬픔
함께 더하는 기쁨!![19]

---

19) 이일규는 광명시의원이다.

불의에 굴하지 않고
정의로운 삶을 살았던 노무현

국가의 이익을 위해
대화와 타협이 있었던 노무현

그가 그립다!!

바보라 불린 노무현을 그리며
노무현 순례길에 동참합니다.

이일규, 2019. 5. 16

17구간 주자, 한주원

원칙과 상식이 통하고

사람 살맛 나는 세상[20]

---

20) 한주원은 광명시의원이다.

정치는 삶이다.

그를 지지했던 지난 날과
그가 떠난 오늘을 뒤돌아보며

잠시나마

노무현 순례길을 통해
그리운 그를 다시 한번 만난다.

한주원, 2019. 5. 16

▲Photo by 이걸민

17구간 참가, 박주영

안녕하세요. 양산 사는 삼십 대 중반으로 열심히 달리고 있는 박주영입니다. 작년엔 22구간 진영역에서 봉하까지 걸었었는데, 올해는 대구에서 경산까지 걸어 볼까 합니다.

대구 날씨가 벌써 아프리카 같은 대프리카라는데, 무섭습니다. 그래도 그분을 생각하는 맘으로 한 걸음 한 걸음 용기 있게 내디뎌 보려 합니다!!!!

금요일이라서 무리 없이 잘 다녀올 수 있을 거 같습니다. 그날 순례길 식구들께 민폐 끼치지 않고 잘 다녀올 수 있도록 해주세요.

17일에 보아요!! 17구간 같이 걸으시는 식구분들은 제 기억 팔찌 선물, 하나씩 드릴 생각이에요. 많이 많이 같이해주세요!!

박주영, 2019. 4. 26

제4마디

18구간

2019년 5월 18일

노무현 순례길 제3기, 18구간 포스터

서울길 18구간 공식 포스터는 아래와 같다.

▲Photo by 사무국

18구간 거리정보

Walking
걷기

📅 날짜	2019-05-18	
📍 위치	경상북도 경산시	
소모열량	295.9kcal	
거리정보	전체거리 **30.95 km**	
	운동거리 **30.95 km**	
시간정보	전체시간 **08:57:39**	
	운동시간 **07:12:19**	
	휴식시간 **01:45:20**	
속도정보	최고 **13.5km/h**	
	평균 **4.3km/h**	
고도정보	최저 **62m**	
	최고 **288m**	

18구간 대장, 신해야

함께~~ 봉하 가는 길!!! 안녕하세요. 노무현 순례길 제3기, 서울길 18구간 대장을 맡게 된 신해야입니다.

늘~ 노짱님에 대한 그리움과 미안함으로 가슴 한 켠이 아련했던 지난날들, 우연한 기회로 노무현 순례길을 알게 되어 이강옥 대장님과 인연을 맺고 노무현 순례길 제1기 서울길 14구간 주자로 참여하게 되었습니다.

그리고 노무현 순례길 제2기 땐 서울길 19구간 운영자(대장)로 가족과 함께 참여하였습니다. 늘 제 맘 속엔 우리 밴드가 아픈 손가락처럼 맘이 많이 갔지만 바쁘다는 핑계로 참여를 많이 하지 못해 죄송한 맘이 큽니다.

올해도 가족들과 함께 참여하기 위해 주말을 택하다 보니 마의 구간 18구간을 맡게 되었습니다.

노무현 순례길 제3기의 성공과 원활한 운영을 위해 앞에서 끌어주시고 뒤에서 밀어주시는 대장단님들 너무 감사하구요. 올해도 열과 성의를 다해 힘껏 걸어보겠습니다!!

깨어있는 시민들의 릴레이 국토대장정, 노무현 순례길 화이팅입니다!!

신해야, 2019. 4. 11

▲Photo by 이성진

▲Photo by 오건호

▲Photo by 오건호

18구간 주자, 강명희

원칙과 정의가 바로 선 사회, '사람 사는 세상'을 위해 너무 많은 짐을
혼자 지고 가신 그분을 생각하며….

비가 오지 않아도, 비가 많이 와도 그 어느 것 하나 대통령의 책임이 아닌 것이 없다고 하셨던 대통령님!!

그분이 느꼈을 고뇌와 아픔, 좌절과 외로움을 생각하며 10년이 지나도 여전히 아물지 않는 마음의 상처에 반창고 하나 붙이려 한걸음 또 한걸음 걸어봅니다.

"역사는 더디다. 이상이라는 것은 더디지만 그것이 현실에서 실현된다는 믿음을 갖고 가는 것이다."

강명희, 2019. 5. 16

◀Cartoon by 박운음

18구간 주자, 염채민

안녕하세요.

이번에 처음으로 같이 걷게 되는 염채민이라고 합니다.

언제부터인지 시간이 너무 빨리 지나가는 거 같더라고요. 주변에서는 나이 들어서 그런 거라고 하는데, 그래서인지 쉽게 잊혀지는 게 너무 아쉽고, 예전이 그립고 "추억을 많이 쌓아야지"란 생각도 드네요.

하루하루 아무 생각 없이 살아가고만 있거든요. 질풍노도의 중1 아들과 자꾸 싸우게 되는 자신이 한심스럽고, 머리속이 너무 복잡해서, 걷다 보면 마음 비워내기가 좀 될까 싶어, 원래는 아들과 같이 갈까 했는데, 바로 내일인데 아직도 고민 중이네요.

힘들다고 짜증 내고 갔다 와서도 계속 투덜거릴 거 같고, 게다가 비까지 온다고 하니까 더 고민이 되네요.

▲Photo by 송민준

서울길 18구간 대장 신해야 님과의 인연으로 신청하고 나서, 제가 여기에 참여해도 될까? 이런 생각이 계속 들더라고요. 노사모도 아니고, 봉하 마을도 안 가봤고 그래도 노란색 보면 가슴 한 켠이 아려오고, 노무현 대통령을 기억하며 이런 행사를 하시는 분들 보면 와~ 대단하다!! 멋지다!! 이런 생각에 이번 기회를 통해 나도 조금은 그 기억에 동참하고 싶어서 신청하게 되었습니다.

드디어 내일이네요. 비도 온다 그러고, 구간도 길다 그러고, 너무 두렵지만 함께 가는 분들 덕에 두려움은 접어두고 설레임 가득 안고 출발하겠습니다. 내일 뵐께요.

염채민, 2019. 5. 17

18구간 주자, 김진극

안녕하세요.
저는 서울길 18구간에 참가하는
구미시민 김진극이라고 합니다.

▲Photo by 이성진

▲Photo by 송민준

▲Photo by 함도현

노무현 순례길을, 걸어보고 싶은 마음을 지금에서야 실천해 보네요. 10년 이나 됐는데도 늘 그분이 생각나고 그립습니다. 길을 걸으며 그 마음을 달래보려고 합니다.

꽤 긴 구간이라 긴장되기도 하지만, 꿋꿋하게 걸어보려고 합니다. 여러분 제가 편하게 한마디 하고 싶습니다. 제가 오늘 맘 편하게 하고 싶은 얘기 는, "야~~ 기분 좋다." 입니다. 감사합니다.

대통령님 사랑합니다.♡

김진극, 2019. 5. 17

▲Photo by 송민준

▲Photo by 송민준

19구간

2019년 5월 19일

노무현 순례길 제3기, 19구간 포스터

서울길 19구간 공식 포스터는 아래와 같다.

▲Photo by 사무국

19구간 대장, 정진수

▲Photo by 송민준[21]

---

21) 그림은 서울길 1구간에서 찍은 사진이다.

▲Photo by 송민준

▲Photo by 이성진

19구간 주자, 김영덕

안녕하세요.

노무현 순례길 제3기, 서울길 19구간을 함께 걷는 인연에 감사하는, 대구 서구지역위원회 사무국장 김영덕입니다.

님 향한 그리운 마음에 모두 함께 한다고 생각합니다. 5월의 따스한 봄 햇살을 맞으며 같이 걸으면서 10주기에서는 이제 웃으며 그분 얘기를 할 수 있기를 바랍니다.

김영덕, 2019. 5. 16

▲Photo by 송민준

▲Photo by 송민준

19구간 주자, 조준형

정치를 전혀 모르던 초딩 시절, 어느 날 TV에서 스치듯 거물들에게 서슴 없이 소리를 치던, 젊은 국회의원을 또렷하게 기억합니다. 그렇게 제게는 대통령을 제외하고는 머리속에 들어온 첫 정치인이었고, 그 이후에 종로 에서 부산에서, 바보 같은, 하지만 힘차고 당당한 발걸음을 보며 노무현 이라는 이름은 머리속에서 가슴속으로 내려와 있었습니다.

노란 저금통에 잔돈을 모아 보낼 때도, 단일화하여 동행하던 후보가 갑자기 떠날 때도, 대통령이 되신 후에 검사들과 앗쌀하게 한 판 뜨실 때도, 자신을 밀어줬던 세력들에 의해 탄핵의 기로에 섰을 때도, 봉하 마을에서 밀짚모자 쓰고 자전거 타며 소담한 일상을 사실 때에도 늘 그 불가능할 것 같은 꿈을 현실화 시키고자 하기 위한 걸음걸이에 흥분했었습니다.

▲Photo by 오건호[22]

22) 위 그림은 서울길 1구간에서 찍은 사진이다.

"어떤 사람이 정말로 자신의 길을 걷고 있는지는 그 걸음걸이를 보면 알 수 있다. 그러므로 내가 걷는 것을 보라. 자신의 목표에 다가가는 자는 춤을 춘다. 우리 모두 현실에서는 리얼리스트가 되자!! 하지만 가슴속에는 불가능한 꿈을 갖자."

체 게바라가 말한, 제가 좋아하고 따르는 위 말처럼, 제가 걷는 구간만이라도 불가능한 꿈을 향해 춤추듯, 고개를 빳빳하게 들고 당당하게 따라 걷겠습니다.

조준형, 2019. 5. 17

◀Photo by 조준형

19구간 주자, 신호준

2017년 이맘때, 우연히 노무현 순례길 제1기에 대한 정보를 접하고 참가하여 올해로 3번째 참가하게 되었네요.

노무현 순례길 제2기는 차량봉사로 대신하고 이번 제3기는 걸어서, 항상 대통령님을 지켜주지 못한 미안함과 대통령님의 그리움을 달래며, 같이 하고자 합니다.

신호준, 2019. 5. 17

▲Photo by 송민준

▲Photo by 송민준

제4마디

20구간

2019년 5월 20일

노무현 순례길 제3기, 20구간 포스터

서울길 20구간 공식 포스터는 아래와 같다.

▲Photo by 사무국

20구간 거리정보

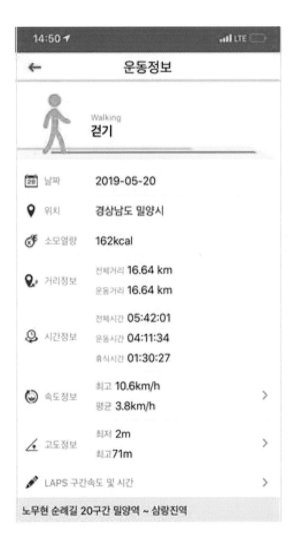

20구간 대장, 정진수

이제 노무현 순례길 제3기 일정도 3일 남았습니다. 20구간 참여 인원이 많이 부족합니다. 평일이고 월요일이지만 시간 되시는 분들의 참여 부탁 드립니다.

▲Photo by 윤치호

우리의 땀 한 방울 한 방울이 이 땅을 적시고 새로운 세상의 새싹을 피우는 소중한 밑거름이 될 것임을 확신합니다.

오전만 참가하셔도 좋고 오후만 참가하셔도 좋습니다. 각자의 형편과 상황에 따라 자유롭게 참가하시면 됩니다.

그 어느 나라보다 이 나라 대한민국의 땅과 하늘 그리고 사람은 아름답
습니다. 그 좋은 것들을 여러분과 나누고 싶습니다.

함께~~ 봉하 가는 길!!
사랑한다면~~ 여러분처럼!!

정진수, 2019. 5. 20

▲Photo by 송민준

20구간 주자, 송준용

누군가를 위해서 걷는 게 아닙니다. 무엇을 얻기 위해서 걷는 것도 아닙니다. 그저 '봉하 가는 길'이 있기에 한 걸음 한 걸음 내디딜 뿐입니다.

이 시대를 살아가는 한 국민으로서, 오롯이 그분을 느낄 수 있는 시간을 갖고 싶었습니다. 전에는 전혀 하지 못했던, 더 이상 미루면 안 될 것 같은 그 분과의 만남을 갖고 싶었습니다.

'사람 사는 세상', '민주주의의 최후의 보루는 깨어있는 시민의 조직된 힘' 이라고 말씀하신 그분을 떠올리며, 깨어있는 시민이 되기 위해 더욱 힘차게 내딛겠습니다.

송준용, 2019. 5. 19

▲Photo by 윤성복

▲Photo by 윤성복

20구간 주자, 박현택

노무현 순례길 제3기, 서울길 20구간 주자, 깨시민 박현택입니다.

또다시 찾아온 5월

눈 시리도록 보고픈 님
벅찬 마음으로 찾는 님

내 마음 머무는 그리움 가득한 곳

사람 사는 세상을 꿈꾸던 친구가 있는 곳

그리움에 몇 날을 기다리다
동지들과 함께 노래 부르며

그립고 그리운 님 계신 곳
봉하 마을로 힘차게 나아갑니다.

광화문에서 시작된 노무현 순례길이 이제 막바지에 접어들었습니다. 그
동안 함께 해주신 동지들에게 박수로 감사함을 전하며, 다음 주자들에게
도 파이팅 외칩니다.

오는 5월 23일, 10주기 추모제에서도 또 뵙겠습니다.

박현택, 2019. 5. 19

20구간 주자, 한수영

노무현 순례길!!
이름도 생소하게 처음 접하면서 왠지 설레었습니다. 곧 추도식이 다가오
는데 뭔가 있지 않을까 했었는데 소식을 늦게 접했습니다.

내가 참여할 수 있는 날이 있을까 찾아보다가 하루를 날 잡고 기다립니다.

내년엔 산티아고 순례길을 걸을 생각에 제주 올레길, 부산 갈맷길부터 걷자고 걷기 준비 중이었는데, 노무현 순례길이라니!!

한 구간이라도 참여를 해볼 수 있어 감사할 따름입니다. 10주년 추도식이 새로운 노무현을 얘기하듯이 올해는 5월을 새롭게 맞이하고 있습니다.

내년 순례길은 좀 더 많은 구간을 꼭 종주하도록 할 겁니다. 다 함께 한 걸음씩! 서로에게 힘이 되어 한 걸음 나아가겠습니다. 깨어있는 시민으로 또 한 걸음 더 다가가겠습니다.

봉하까지 남은 순례길은 함께하지 못하지만 다시 봉하에서 뵙겠습니다. 감사합니다.

한수영, 2019. 5. 19

▲Photo by 송민준

20구간 응원, 이강옥

20구간 밀양역을 앞두고
현재 깨시국에선, 5월 22일 진영길 마치고 묘역 참배할 때 꽃바구니에 넣을 추모 문구 제안 공모에, 한창 열을 올리는 중이다. 공모에 당선되는 사람은 얼마나 좋을까!!

슬로건, 문구
2019 새로운 노무현, 추억하고 추념하는 것에서 이제는 깨어있는 시민으로서 역사를 견인해 가자는 전진 같은 이야기들이 나와서 반갑다!!

다른 곳에서도 너 나 할 것 없이 바보 노무현에서 깨시민 노무현으로 우리들 인식의 패러다임도 바뀌었으면 좋겠다!!

순례자에게도 노통에게도 서로에게 아름다운 말, 자랑스런 깨시민!! 추억 속의 바보 노무현이 아니라, 깨시민으로 살아가는 내 삶 속에서 증명되는 깨시민 노무현이어야 더 가치 있는 것이다.

이강옥, 2019. 5. 20

20구간 후기, 정순남

안녕하세요. 서울길 17구간 때 느닷없이 난입한 대구시민입니다. 저도 어제 남편이랑 서울길 19구간을 소풍처럼 참여했었답니다.

▲Photo by 정순남

깨어있는 시민들의 국토대장정, 청도역~밀양역 구간 잠깐 쉬어가는데, 노무현 순례길 제1기, 제2기 그리고 제3기 티셔츠가 나란히 있어서 한 컷 찍었습니다.

꽃보다 아름다운 여러분!! 너무 사랑하고요, 우리 모두 행복합시다!!

정순남, 2019. 5. 20

아래 사진은, 노무현 순례길 제3기 서울길 18구간 대장이었던 신해야 순례자가, 2019년 9월, 필리핀 보라카이에서 순티를 입고 찍은 인증사진이다.

▲Photo by 신해야

아래 사진은, 노무현 순례길 제3기 기대장이었던 장미리 순례자가 2019년 8월에 보내온, 필리핀 최초 순티 인증사진이다. 오른쪽 그림은 필리핀 국기이다.

▲Photo by 장미리

제5마디

우리

21구간

5마디 대장, 정진수

안녕하세요.

노무현 순례길 제3기, 서울길 5마디 대장을 맡은 정진수입니다.

벌써, 어느덧 10년이란 세월이 흘렀네요. 그분이 맺어주신 인연으로 우리
가 알게 되고, 소통하고 같이 이 땅을 걸을 수 있어서 소중하고 기쁩니다.

살아 계실 때 조금 더 함께 했더라면 하는 아쉬움이 나 자신을 부끄럽게 하네요.

우리의 한 걸음 한 걸음을 통하여 그분의 가치와 뜻이 잊혀지지 않고 20년, 50년, 100년이 흐르더라도 이 땅의 후손들에게 이어져, 자랑스러운 대한민국이 되었으면 하는 염원입니다.

무엇보다 소중한 것은 건강과 안전입니다. 5월 그날까지 건강관리 잘하시고 밝은 모습으로 뵙겠습니다.

정진수, 2019. 4. 2

▲Photo by 윤성복

5마디 대장, 이한성

2018년에 이어 두 번째 참가입니다. 저를 다시 초대해주신 깨시국 시민 여러분께 감사드립니다. 올해도 마지막 구간을 맡게 되었습니다.

어김없이 가슴 한 켠 아련한 봄이 찾아왔습니다. 미안함과 그리움을 안은 분들과 함께 노무현 순례길을 걸어 보겠습니다. 강물은 바다를 포기하지 않습니다.

사람 사는 세상..
깨어 있는 시민..

많은 분들과 함께 할 수 있도록 열심히 홍보도 하겠습니다. 올해에도 역시 아들들과 함께하는 동행 길을 만들겠습니다.

이한성, 2018. 4. 2

▲Photo by 삼랑진

2019년 5월 21일

노무현 순례길 제3기, 21구간 포스터

서울길 21구간 공식 포스터는 아래와 같다.

21구간 거리정보

Walking
걷기

📅 날짜	**2019-05-21**	
📍 위치	**경상남도 김해시**	
🔥 소모열량	**162.9kcal**	
📍 거리정보	전체거리 **23.21 km** 운동거리 **22.86 km**	
🕐 시간정보	전체시간 **06:59:12** 운동시간 **05:47:50** 휴식시간 **01:11:22**	
⏱ 속도정보	최고 **10.5km/h** 평균 **3.5km/h**	
📐 고도정보	최저 **5m** 최고 **85m**	

21구간 대장, 정진수

▲Photo by 송민준

서울길 22구간은 봉하 마을까지 가는 노무현 순례길의 마지막 길이기 때문에, 서울길에서는 21구간이 실질적으로 걷는 마지막 길입니다.

서울길 21구간은 삼랑진에서 진영까지 이어진 길로, 낙동강 지류와 옛 철길 그리고 화포천 습지가 있어 무척 아름답습니다.

거리도 길지 않고, 산책 하듯이 소풍 가듯이 함께할 수 있는 올해 마지막 구간입니다. 망설이지 마시고 함께 하십시오.

정진수, 2019. 5. 21

21구간 주자, 조강훈

대통령님!!

당신께서 떠나신 지 벌써 10년이 지났습니다.

오늘따라 하늘이 왜 저리 푸르른지!!

10년 전, 비보에 정신없이 울기만 했습니다. 생전에 도와드리지 못했는데 그렇게 가시니, 지켜드리지 못한 마음에 쥐구멍에라도 들고 싶었습니다.

▲Photo by 송민준

정말 죄송했습니다.

당신을 보내고 후회한들 무슨 소용이겠습니까? 하지만 "당신의 뜻을 따르겠노라"고 다짐하고 또 다짐했습니다. 이제는 울지 않겠습니다!!

당신께서 바라시던 세상, "사람 사는 세상"을 위해 하나의 작은 바람개비가 되어 수 천, 수 만의 바람개비와 함께 거대한 희망의 바람을 만들겠습니다

조강훈, 2019. 5. 18

▲Photo by 윤성복

21구간 응원, 황태수

아프고, 죄송해서... 부터 였습니다. 잊고 싶지 않아서 였구요. 마냥 기억하고 싶어서 였고, 마음에 고이 모셔두고 싶어서 였어요.

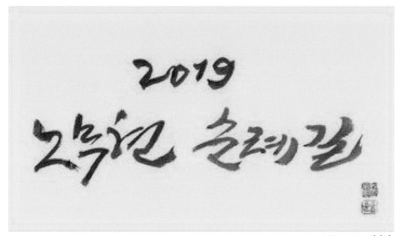

▲Photo by 박운음

그래서 걸음에 한 걸음 더하고자 하는 마음으로 함께했죠. 그랬더니 더 그립고, 더 뵙고 싶고, 더 죄송스러웠어요.

한해 한 해, 한 걸음 한 걸음을 더 할수록 그리움은 짙어져 갑니다. 그렇게 시작한 걸음이 벌써 세 번째, 그 세 번째 걸음들이 이제 어느덧 진영으로 접어들기 전이네요. 이제 내일이면 봉하로 그 걸음들이 들어가겠죠!!

우리 모두 그랬어요. 아프고, 죄송해서, 그리워 미치겠기에 우린 평균

20km 정도씩 나누어 걸었어요. 너, 나, 우리가 나누어 걸었죠!! 10주기..
이젠 우리의 그 걸음들이 또 하나의 축제가 되어 아파서, 죄송해서 내딛
는 걸음들이 아니라 행복하고 좋아서 내딛는 걸음으로 바꾸어야겠어요.

점점 걷는 분들의 얼굴에서 슬픔이 아닌 뵈러 가서 좋다는 행복이 보이기
시작했거든요!!

이제 10주기, 그 세 번째 걸음을 마지막 걸음만 남겨두었답니다. '봉하'
내 마음속 대통령이 계신 그곳을 향해 우직하게도 말이죠. 내년에 다시
걷게 될 이 걸음엔, 이번보다 더 많은 걸음들이 있었으면 좋겠습니다.

서울길 총 22일, 490km의 거리, 그것은 이미 축제가 되었네요!! 그 마지
막 걸음들을 멀리서나마 마음으로 응원합니다.

황태수, 2019. 5. 21

제5마디

몬구

22구간

2019년 5월 22일

노무현 순례길 제3기, 22구간 포스터

서울길 22구간 공식 포스터는 아래와 같다.

▲Photo by 사무국

22구간 대장, 박근환

잘 지내시죠? 노짱 님께 인사도 드리고, 깨시국 모든 분들께도 인사드립니다. 저는 노무현 순례길 제2기, 서울길 17구간 대구~경산 구간을 걸었고, 22구간 진영역에서 봉하 마을까지 많은 분들과 함께 걸었던 짱구아빠입니다.

사는 곳이 부산이어서 윗동네 구간의 참여도가 부족했습니다. 그런 제가 감히 노무현 순례길 22구간 구대장을 신청하였습니다.

▲Photo by 윤치호

▲Photo by 이교남

▲Photo by 윤치호

늘 대통령님을 그리워하는 사람들과 10주기를 맞이하는 봉하 마을로 많은 분들과 함께 걸어가려고 마음 굳게 먹었습니다.

깨어있는 시민 한 사람 한 사람이 모여 '함께 사는, 사람 사는 세상'을 만들고 있습니다. 노무현 순례길을 통해 깨어있는 시민의 나라를 함께 만들어가요!!

박근환, 2018. 4. 10

22구간 주자, 노승일

당신과 같은 하늘 아래, 같은 곳에서 함께 눈을 뜨고 숨을 쉬었던 시민 모두는 당신을 그리워하며 당신이 걸어왔던 대한민국의 민주화를 완성시키기 위해, 이제 시민 곁에 영혼이 된 당신과 함께 뜻을 같이 하고자 합니다.

시민의 배고픔을 생각하며 눈물을 훔치고 독재와 당당히 맞서 싸우며 언론에 굴하지 않았던 당신은, 시민 노무현입니다.

이제 우리 모두는 시민 노무현이 되고자 합니다. 독재의 잔당들, 그들을 청산하고 다시는 독재가 피어오르지 못하는 깨끗한 대한민국을 만들겠습니다.

시민 노무현!! 이제야 당신에게 고백합니다.

사랑합니다!! 시민 노승일.

노승일, 2019. 5. 21

▲Photo by 윤치호

22구간 주자, 송정화

에피소드 1

8구간 순례길을 마치고 신탄진발 조치원행 열차에 올랐습니다.

제 자리를 찾아 앉으며 일행과 인사를 나누는데 옆에서 작은 목소리로

"노무현을 기억해줘서 고맙습니다." 라고 인사를 건네십니다.

깜짝 놀라 바라보니 제 어머니 연배의 어르신이, 어느새 눈가가 붉어진 채, 저를 바라보십니다. 대구에 사시는 그 어른은 극도로 보수적인 지역 분들과의 갈등, 노 전 대통령에 대한 그리움 등을 떨리는 목소리로 이야기하시며 "그래도 잊지 않는 분들이 계시니 고마울 뿐이다."라고 말씀하십니다.

▲Photo by 송민준

에피소드 2

역시 8구간, 현도초등학교 옆을 지나는데 초등학교 5~6학년쯤 되어 보이는 한 무리의 아이들이 우리 일행 쪽으로 달려옵니다. "어디 가시는 거예요?"

"노무현 순례길을 가는 거란다." 일행 중 누군가 답합니다.

"노무현이 누구지?" 아이들은 왁자지껄 이야기하며, "안녕히 가세요."

인사를 합니다.

일 년 전, 이맘때 멋모르고 참여한 순례길이 아쉬워 다음엔 좀 더 잘 걸어보리라 다짐하며 1년을 기다렸습니다. 다시금 5월이 다가오니 저의 기대에는 물음표가 생겼습니다.

"왜 이 길을 가려 하지? 노무현이 꿈꾸던 나라, 깨어있는 시민들이 행복한 나라를 만들려면 이렇게 무작정 걸을 것이 아니라 세미나를 하고 토론을 하고 공부를 해야 하는 거 아닌가?"

"노무현 정신이 그 시기에 받아들여지지 않은 이유를 밝혀야 다시 실패하지 않는 거 아닌가? 이러는 사이 또다시 타의에 의해 왜곡되어져 뜻조차 펴보지 못하는 또 다른 노무현이 생기는 건 아닌가?"

답답하고 무거운 심정으로 5월의 순례길을 시작했습니다. 그리고 지금은...

이로써 족합니다!!

거창한 목적 없이도 그저 노란 깃발 앞세우고 걷는 이 길 위에서 누군가가 노무현

을 발견하고 위안을 얻는다면 그걸로 족합니다!!

먼 훗날 저 아이들 중 누군가가 노란 꽃 한 송이 바라보다 우리의 노란 물결을 기억해내고 노무현 정신에 대해 알아본다면 그걸로 족합니다!!

누군가의 위안, 누군가의 배움, 누군가의 기억이 된다면 더 무엇이 필요하겠습니까?

분노와 대립의 한계치에서 한 발짝도 뒤로 물러서지 못하는 현 시국이 아쉽습니다. 그래서 더 노무현이 그립습니다.

"미안해하지 마라. 누구도 원망하지 마라"라는 노무현 대통령의 마지막 메시지를 새기며, 그리고 '더 좋은 민주주의'를 꿈꾸며….

우리는 "함께"입니다.

송정화, 2019. 5. 21

22구간 주자, 안덕한

"미연 엄마, 내가 노무현 순례길 가고 싶은데 갔다오면 안 될까?"

"그걸 왜 나한테 물어요?"

"한 달이면!! 다니는 공장은 어쩌구요?"

"한 달 동안 결근 처리하겠나!! 그만두어야지!!"

▲Photo by 윤치호

"뭐라꼬? 다닌지 얼마나 된다고 공장 때려치우고 노무현 순례길 간다고?" "순례길이 밥 먹여 주요? 마음대로 하소!!"

"언제는 내가 가지 말라고 한다고, 안 가고 하나!! 자기 마음대로 하고 사는 인생인데, 평생을 그렇게 살았는데 마음 편하게 하소!!"

그렇게 떠나온 순례길이다.

슬퍼할 때 슬퍼하였고, 그리울 때 술 한 잔으로 달래며 보낸 세월이 내 삶의 전부는 아니라는 생각으로, 노짱에 대한 예우는 갖추었다고….

시작한 동기가 뭐냐고 물으면, "백수."

▲Photo by 송민준

시간 많고 별다른 의미 없이 지나온 세월, 성찰하는 마음으로 참가했다고 답변하며 걸었다. 시작은 그렇게 하였고, 나도 편한 마음으로 시작한 순례길이 종착역을 코앞에 둔 지금 많이 아쉬워진다.

순례자의 편의를 위해 열정적인 봉사를 하는 스텝들 그리고 사무치도록 노통을 그리워하는 동지들을, 나도 무언가 내 자리를 지켜야 아니꼬운 꼬라지 안 보며 돈 없다고 괄시 안 받고 못 배웠다고 손가락질 안 당하는, 사람 사는 세상!!

보통사람이 함께 사는 세상에 동참하리라!!

안덕한, 2019. 5. 21

22구간 주자, 김해 노사모

성스러운, 깨시국의 노무현 순례길에 동참하게 된 '김해 노사모' 입니다.

더 많은 구간을 참여하자는 의견들이 있었으나 5월의 많은 행사 때문에 22구간만 참석하게 됨을 깨시민 여러분들께, 송구스럽게 되었다는 말씀

올립니다.

김해 노사모는 지금까지 어느 특정 정치인에 줄 서지 않고 오로지 노무현 대통령님만을 기억하며 그분이 꿈꾸셨던 "사람 사는 세상"만을 위하여 살아왔다고 자부합니다.

깨어있는 시민들의 릴레이 국토대장정, 노무현 순례길이 민주 성지 김해에 입성하실 때까지 항상 안전을 생각하셨으면 합니다.

저희 김해 노사모는 언제까지고 이 길을 자랑스럽게 가려 합니다. 감사합니다.

김해 노사모, 2019. 5. 20

22구간 소감, 오흥국

깨어있는 시민들의 릴레이 국토대장정!! 노무현 순례길 제3기, 5월 1일 광화문에서 시작한 우리의 순례길이 이제 마무리할 때가 되었습니다.

◀Photo by 송민준

순례길에 참가한 수많은 노무현을 보았습니다!! 존경하고 감사합니다. 우리는 사람 사는 세상을 모든 사람이 느끼게 하기 위해 걷고 또 걸었습니다.

물론 내년에도 걷고 10년 후에도 걸을 것입니다. 노무현 순례길 제1기,

▲Photo by 윤치호

제2기, 제3기를 걸으면서, 우리는 바꿀 수 있다는 희망을 보았습니다.

우리에게 신념과 의지가 있는 한 분열되어 있는 이 세상을 틀림없이 사람 사는 세상으로 만들 수 있습니다. 그것이 노무현 정신이고 오늘의 시대정 신이라고 저는 확신합니다!!

감사하고 고맙습니다. 비록 순례 길은 오늘이 마지막이지만 또 다 른 시작이라고 생각합니다. 깨시 민 여러분! 사랑합니다!! 여러분 이 있기에 대한민국은 행복합니 다!!!

오흥국, 2019. 5. 22

▲Photo by 최유림

22구간 소감, 이상우

15개월 된, 저희 딸 유주와 함께 걸은, 경산 사는 이상우입니다. 다행히 끝까지 완주했습니다. 햇살이 따가워 피부가 탈까 봐 걱정해주신 누님들 형님들 감사합니다.

운동 좋아하는 아빠 따라 운동하러 많이 다닐 예정이라 미리 훈련 중이랍니다. 미리 도착해있던 아내와 잠시 쉬고 있는 중입니다.

이상우, 2019. 5. 22

◀Photo by 이상우

▲Photo by 윤치호

▲Photo by 윤치호

22구간 버스킹, 이기옥 & 유철웅

번외편

23구간

노무현 순례길 제3기, 23구간

서울길은 총 22개의 구간으로 이루어져 있다. 그래서 23구간은 번외편 (번외구간)이라고 하고, 23일에 걷는 길을 번외길이라고 부른다.

2019년 5월 23일, 함도현 대장 외 여러 명의 순례자들은 진영역에서 노무 현 순례길에 대한 홍보를 하였는데, 이것이 노무현 순례길 공식행사 이후 의 활동이라는 의미에서, 번외편이라고 부르기 시작하였다.

또한, 진영역에서 홍보를 마친 다음 진영역 뒤쪽 길을 따라 봉하마을까지 걸어갔는데, 이를 번외길이라고 하기로 하였다.

▲Photo by 김기경

▲Photo by 민서희

제3기 소회, 김혜련

모두 행복하셨죠? 방방곡곡 노란 물결을 만들었던 22일 긴 여정의 끝, 왜 걷느냐? 왜 노무현이냐? 묻는다면 그들에게 이렇게 말하겠습니다.

▲Photo by 이동석

어느 날 일상의 시간에, 불쑥 노무현이라는 이름을 사람들에게 던져 주고 싶어서라고!!

하루하루 일상을 살아내느라 헉헉 숨이 차 모든 걸 잊고 있던 나에게 노무현의 삶이 어떠했는지 그가 나에게 우리에게 던진 물음이 무엇이었는지 잠시라도 생각하기 위해서라고!!

그래서 나는, 우리는, 뜨거운 길에서 바람 부는 길에서 비바람 치는 길에서 노무현을 외쳤노라고!! 그렇게 또 외칠 거라고!!

그렇게 말하고 싶습니다.

사랑합니다. 감사합니다.

또

길 위에서 뵈요.

사랑한다면 노무현처럼!!

김혜련, 2019. 5. 22

제3기 소회, 박정권

5월의 따가운 햇살을 맞으며 아들의 손을 잡고 노무현을 그리워하는 좋은 사람들과 함께 걸었습니다.

▲Photo by 윤치호

더위에 지친 아들과 걸으면서 이런저런 대화를 주고받으며 아빠는 아들을, 아들은 아빠를 응원했습니다. 오늘 하루만큼은 세상에서 제일 행복한 부자(父子)였습니다.

10년 전 신혼의 둥지를 틀었던 김해 진영!! 5월 23일은 한결이가 엄마 뱃

속에서 8개월째 잠을 자고 있었지요. 비가 내리는 날 저녁, 만삭인 아내와 봉하 마을을 찾았습니다. 하늘도 슬퍼 눈물을 흘리던 그날을 영원히 잊을 수가 없습니다. 그리고 한결이는 7월 12일에 세상으로 나왔지요.

그날 이후 가끔이지만 주말엔 아내와 유모차를 끌고 어린 두 아이들과 나들이를 나갔던 가슴시리지만 소중하고 행복한 추억이 있는 봉하 마을….

대구에서 작은 정치를 시작했습니다. 아이들에게 부끄럽지 않은 정치를 하겠노라고 약속과 다짐을 하면서 깨어있는 시민의 한 사람이 되고자 하루하루를 살아가고 있습니다.

평범한 시민이 정치를 시작한 단순하고 간단한 이유입니다.

박정권, 2019. 5. 22

제3기 소회, 강명희

그가 떠난 10년!! 노무현 없는 노무현 시대를 살아가며, 노무현이라는 이름만으로도 때론 기쁨으로, 때론 슬픔으로, 때론 분노로 솟구쳤던 나의 감정들도 조금씩 가라앉을 즈음, 노무현 순례길이라는 명칭을 가지고 함께 걷는 길 위에서 또 다른 나를 만난다.

무엇이 이곳에 우리를, 빗속을 뚫고 걸어와서 만나게 했을까. 편안한 주말의 단잠을 버리고, 수 킬로를 달려 함께하게 했을까? 참 반가운 사람들, 일 년에 한 번을 만나도 얼싸안고 눈물이 핑 돌게 만드는 참 이상한 사람들!!

누구의 말처럼 깨방정 떠는 사람도 있고, 수줍어서 말 몇 마디 못하며 묵묵히 걷기만 하는 사람, 자기를 내세우지 않으면서도 강단 있게 앞장서서

봉사를 하는 사람도 있고, 나처럼 그런 다양한 사람들의 모습을 관찰하면서 따라가는 사람도 있다.

제각각 다른 성향의 사람들이 노무현이라는 이름만으로 하나가 되어 걷는 순례길, 어떤 가치보다도 순수하고 아름답다!! 새롭고 기분 좋은 경험이다!! 누군가는 왜 그 고생을 사서 하냐며 비아냥거리는 이 길을, 나는 그분께 너무 고마워서, 너무 미안해서, 너무 그리워서 걷는다.

거짓이 진실로 포장되어 진실을 유린하는 이 시대에 순수하게 노무현 정신을 기억하고 세상에 알리고, 우리가 아직도 싸우고 있다는 것을 용기 있게 보여주기 위해 걷는다.

▲Photo by 윤성복

그것은 비단 그분께만 국한된 것이 아니라, 수많은 사람들의 피와 눈물로 이루어 낸 민주주의라는 버스에 무임승차 한 사람으로서 항상 느껴온 부채의식에 의한 자기반성 같은 것이기도 했다.

함께 걸으며 "동지란 이런 건가?" 하는 가슴 따뜻해지는 느낌에 발끝에서부터 올라오는 통증은 어느 정도 참을 수 있었다.

▲Photo by 윤치호

47년을 살면서, 처음으로 30키로를 넘는 먼 길을, 길가에 흐드러지게 핀 찔레꽃 향기에 취하고, 같이 걷는 이들의 따뜻한 마음에 취해 발끝의 통증도 힘든 것도 다 잊어버리고 노랑노랑한 몽롱한 상태로 걷는다.

노랑 깃발과 노랑 티셔츠 노랑 물결의 행진은 꼭꼭 묻어두었던 나의 오랜 아픔이던 그분을 기쁘게 꺼내올 수 있게 했다. 이제 웃으며 그의 이름을 부를 수 있는 이유이다. 다시 찾은 봉하에서 예전처럼 눈물 바람을 하지 않는 이유이다.

국민이 가장 사랑한 대통령, 국민을 가장 사랑한 대통령, 그분은 가장 행복한 대통령이기 때문이다. 깨시국이라는 이름으로 함께 걸을 수 있도록 해주신 이강옥 대장님과 사무국장님, 감독님, 작가님 그리고 너무 사랑스러운 우리 깨시국 식구들 모두에게 감사드리고, 사랑합니다!!

강명희, 2019. 5. 22

제3기 소회, 조선영

함께, 봉하 가는 길!! 함께 걸을 수 있어 행복했습니다. 사람 사는 세상 우리가 만들겠습니다.

또 약속을 하고 돌아왔습니다.

"또 뵈러 올게요. 내 맘속 대통령님!! 걷고 또 걸어서라도…."

조선영, 2019. 5. 23

제3기 소회, 강성진

작년 노무현 순례길 제2기 때 우연히 얼굴책에서 행사소식을 보고, 서울 길 17구간인 대구길과 22구간인 진영길을 걸었습니다. 소극적으로 무계획적으로 참석한 작년과는 달리, 올해는 참가해보고 싶은 코스 선정 등 주변에 홍보까지 하면서 서울 1길, 17길, 22길 이렇게 세 구간과 23일 추도식 참가까지 하였습니다.

작년 참가 덕분에 알게 된 많은 분들과 걷는 동안 시민분들의 물질적, 정신적 격려로 행복한 순례길이었습니다. 그분이 돌아가신 10년 동안 세상이 많이 달라지고 있습니다만, 앞으로

▲Photo by 강성진

10년, 20년 우리 깨시민들이 더욱 깨어 있다면 더 좋은, 사람 사는 세상이 될거라 믿어 의심치 않습니다.

20여 일 동안 노란 물결로 인해서 행복했습니다. 순례길을 걸으신 모든 분들과 지원해주신 분들께 깊이 감사드립니다. 모든 분들 내년 4기 때 더 좋은 모습으로 뵙기를 기원합니다.

강성진, 2019. 5. 25

제3기 소회, 정년옥

농촌의 5월은 부지깽이도 팔 걷어 부치고 나서야 할 만큼 바쁜 시기, 노란 물결에 엉거주춤 따라나섰던 순례길, 짧은 시간이었지만 많은 생각을 했고, 하게 만들었습니다.

▲Photo by 윤치호

▶Photo by 이강옥

3주 동안 이 밴드와 더불어 즐겁고 행복했던 순간, 순간들!! 오래 기억할 것이며 내년을 기약하고 다시 촌부의 일상으로 돌아와 밀짚모자 눌러쓰고 밭고랑으로 갑니다.

정년옥, 2019. 5. 25

▲Photo by 박수정

에필로그

우리 모두 함께

에필로그

깨시국(깨어있는 시민들의 국토대장정, 깨어있는 시민들의 국가)에서 추진하는 프로그램에는 노무현 순례길, 평양 가는 길, 유라시아길 등이 있다.

노무현 순례길

노무현 순례길은 대한민국의 정치가 바뀌어 더 행복한 나라가 되었으면하는 마음에서 시민 이강옥이 기획하고 깨시민이 동참하여 만들어진 길이다. 흔히 "대한민국은 다 좋은데 정치만 잘했으면 좋겠다!!"고 말하곤 한다. 정치는 정치인의 마음이 바뀌지 않으면 결코 바뀌지 않는다.

따라서 노무현 순례길을 1만 명 이상의 시민이 매년 걸으면서 '노큼정치'

를 제시하여, 대한민국 정치인들의 마음이 바뀌어, 대한민국의 정치가 한걸음 앞으로 나아가는데 마중물 역할을 하였으면 한다.

노큼정치는 '노무현만큼은 하는 정치'를 줄인 말이다.

평양 가는 길

우리가 흔히 평양길이라고 하면 평양 가는 길을 의미한다. 국가는 국가의 역할이 있고 시민은 시민의 역할이 있다. 남과 북이 분단된 이후 평양 가는 길은 막혀 있다. 김대중, 노무현 대통령이 평양 가는 길을 만들려고 노력하였으며, 문재인 대통령 역시 평양 가는 길을 만들려고 노력하고 있다.

광명시에서는 2020년도에 광명역에서 평양까지, 자전거로 가는 평양 가는 길을 만들겠다고 한 상태이다. 광명역에서 임진강역까지는 70km 이다.

민간에서는 故 정주영 회장이 1998. 6. 16, 소떼 500마리를 차에 태워 개성으로 향하면서 개성공단과 금강산 관광이 만들어지는 계기가 된 바 있다. 깨시국에서는 지난 2019. 10. 26~27, 1박 2일에 걸쳐 임진강역에서 서울 광화문 구간을 개척한 바 있다.

유라시아길

모든 길은 로마로 통한다는 말이 있다. 이 이야기는, 로마가 번영할 수 있었던 이유는 모든 길을 로마로 이어지도록 만들었기 때문이라는 말이다.

신대륙으로 가는 길을 개척한 콜럼버스, 태평양을 건넌 마젤란, 희망봉을 발견한 바스쿠 다 가마 등에서 보듯 서양인들은 새로운 길을 찾고 만드는 데 많은 에너지를 쏟아부었다. 그 결과로 부유한 나라가 되었다.

우리 대한민국이 G2나 G3 즉 두 번째나 세 번째로 잘사는 나라가 되기 위해서는 새로운 길을 만들거나 찾아야 한다.

대한민국이 번영할 수 있는 새로운 길에는 두 가지가 있다. 하나는 북극

항로이고 다른 하나는 유라시아길이다. 대한민국에서 유럽으로 가는 새로운 바다길인 북극항로가 곧 개척될 것이다.

이 북극항로를 시민이 개척하는 데는 한계가 있다. 하지만 유라시아길은 다르다.

평양 가는 길이 걷는 유라시아길의 일부이므로, 깨시국에서는 걷는 유라시아길 중 일부를 이미 개척한 상태이다.

이제 북한을 제외하고 가능한 곳을 개척한다면 나머지 모든 길을 개척할 수 있다. 다만 TSR은 추운 시베리아가 유라시아길의 60% 정도를 차지하므로, 강명구 마라토너가 달렸던 길을 참고하면 좋을 것이다.

2020. 2. 10
민서희, 깨학연구소장

찾/아/보/기